Tüm BDSM

Açık Arttırma

Erika Sanders

Tüm BDSM
Açık Arttırma

Erica Sanders

Tüm BDSM 1

Özet

5

Aşağıdaki romanlardan oluşur:
  Kadın Köle
  Müslüman Eş
  Kulüp BDSM

Tüm BDSM, güçlü erotik BDSM içeriğine sahip bir roman ve yine yüksek romantik ve erotik BDSM içeriğine sahip bir roman serisi olan **Hakimiyet ve Erotik Boyun Eğme'dan yeni bir roman.**

(Tüm karakterler 18 yaşında veya daha büyüktür)

Yazara not:

Erika Sanders, yirmiden fazla dile çevrilmiş ve alışılagelmiş nesirinden uzak, en erotik yazılarına kızlık soyadıyla imza atan uluslararası üne sahip bir yazardır.

dizin

TÜM BDSM
AÇIK ARTTIRMA
ERIKA SANDERS

ERIKA SANDERS

KADIN KÖLE

önsöz:

İtaatkar bir eş olmanın iniş ve çıkışları vardır.

Zor kısım, eklenen sorumluluktu. Kelly, iş zekası güçlü bir kadındı. Büro müdürü olarak bütün gün çok çalıştı. Geceleri veya hafta sonları, yine de çalışmak zorundaydı. Farklı bir çalışma. Kocasına karşı cinsel bir itaatkârdı ve onun her ihtiyacını karşılıyordu. Bu onun istekli bir şekilde benimsediği bir roldü .

İyi yanı, ona verdiği histi. Kocasını memnun etmeyi severdi. Kelly'ye ona boyun eğmek rahatlık verdi, çünkü ona nasıl düzgün ve büyük bir saygıyla davranılacağını biliyordu. Kelly'nin esaretinde olmak kendini güvende hissetmesini sağladı . İpleriyle bağlı. Ve sonra orgazmlar vardı. Güzel orgazmlar. İtaatkar bir eş olmanın en iyi yanı buydu. İsteyebileceği tüm orgazmlar.

Mümkün olduğunda evliliklerine çok ihtiyaç duyulan bir sarsıntı verdi . Birkaç yıllık evlilikten sonra, aşk hayatlarını renklendirmenin her yolu her zaman iyi bir şeydi.

Ofis kıyafetlerini çıkarırken yumuşak bir çift ipek çorap, beyaz bir sutyen ve külot ve transparan bir sabahlık giymişti.

Sık sık giydiği bir şey değildi. Ve evin içinde böyle giyinmesi gerekmiyordu. Bu , çok özel olan o akşam için yapmayı seçtiği bir şeydi .

Richard akşam 6 civarında eve geldi. Şirketinin üzerinde çalıştığı büyük bir birleşme sayesinde normalden biraz daha geç çalışıyordu.

Karısını görünce "Harika görünüyorsun" dedi.

Kelly, seksi küçük kıyafetiyle mutfakta ev yapımı bir akşam yemeği hazırlıyordu. Yemek odasında dizilmiş bir dizi mum vardı ama henüz yakılmamıştı.

"Bugün bizim için oldukça özel bir gün olduğu için özel bir şey yapayım dedim" dedi.

"Unuttuğumu mu sandın?"

Kaşı kalktı. "Yaptın mı?"

"10. yıl dönümümüz."

Gülümseyerek "Hatırladın" dedi.

"Yaptım. Ayrıca sana bir şey aldım. Hoş, küçük bir sürpriz."

Cebinden bir şey çıkardı ve karısına göstermek için dik tuttu. Kelly kısa mesafeden ne olduğunu anlayamadı ama anahtar kartı falan gibi görünüyordu.

Kelly gözlerini keskinleştirdi ve ellerini kalçalarına koydu. "Bana ne olduğunu söyleyecek misin yoksa tahmin mi edeyim?"

Tekrar cebine koydu. "Sana henüz tüm detayları veremem. Ama bu senin heyecanlanacağını bildiğim bir şey."

"Herhangi bir ipucu var mı?"

"Ne istiyorsun?" Richard sordu. "Sana ne olmasını istiyorsun? Başka bir kadınla ilgilenir miydin?"

Şüpheci bir bakış attı. "Bu da oyunlarınızdan biri mi?"

"Kesinlikle ciddiyim. Fırsatın olsa başka bir kadınla birlikte olur muydun?"

Durdu. "Bir süredir ilgilendiğim bir konu. Bunu zaten biliyorsun."

"O zaman bu gece bunu gerçekleştireceğiz" dedi. "10. yıl dönümümüzün unutulmaz olmasını istiyorum. Ciddiyim, bu gece özel olacak ve daha önce yaptığımız hiçbir şeye benzemeyecek."

Ona gözlerini kısarak baktı. "Sen ciddisin, değil mi?"

"Bize çok özel bir etkinlik için bilet aldım. Oraya daha önce hiç gitmedik ama güvendiğim insanlardan bu etkinlik hakkında çok güzel şeyler duydum."

"Kulağa heyecan verici geliyor."

" Tabii ki heyecan verici. Cinsel anlamda olmasını istediğin her şey gerçekleşecek. Bir düşün, ne olmasını istiyorsun? İlk lezbiyen deneyiminin nasıl olmasını istersin?"

Kelly canlı hayal gücünü kullandı. "Bir şekilde esarete dahil olmak istiyorum. Belki bağlıyım ve gelip beni yalıyor. İlk seferimin böyle olacağını hayal ediyorum."

"Onun nasıl görünmesini isterdin? Herhangi bir tercihin var mı? Ne istersen alabilirsin."

"Önemli değil. Tatlı olduğu sürece. Tercihen bir lezbiyen değil. Onunla aynı deneyim düzeyine sahip olmak isterim ki bunu birlikte keşfedebilelim. Sanırım bu benim ideal senaryom olur."

"İstediğin kadını seçebilirsin."

"Yapabilirim?" diye sordu.

"Sen seç, o senin olacak. Hangisi sana uygunsa."

Kelly'nin iki kaşı da kalktı. "Aman."

"Onu becersem nasıl hissederdin?"

Şakacı bir şekilde keskin bir bakış attı. "Hile yapmak için bahane mi arıyorsunuz?"

"Teknik olarak, amını yiyip sana boşalmasına neden olacağı için sen de aldatıyor olurdun."

" Touche ," diye gülümsedi.

"Peki bu seni nasıl hissettirir?"

Kelly ve Richard birbirlerine şakacı ifadeler verdiler. Birbirlerine karşı her zaman tamamen dürüstlerdi. Ve birbirlerinin düşüncelerini bilecek kadar uzun süredir evliydiler.

"Şimdi sen bahsettiğine göre, kulağa oldukça ateşli geliyor. Üçlü seks yapmak pek sık düşündüğüm bir şey değil. Ama bazı durumlarda, burada burada aklımdan geçiyor."

"Düşünsene, yatakta bağlı kalırsın, diğer kadın amını yer, sonra ben onu beceririm. Güzel ve sert. Belki daha sonra onu ağzınla temizleyebilirsin. Baştan çıkarıcı, değil mi?"

"Tanrım, bunların hepsi kulağa çok sapkın geliyor," dedi sesinde biraz gergin bir tonla.

"Ama seni ıslatıyor mu? Asıl soru bu."

"Tabii, sanırım. İlk lezbiyen orgazmım ve ardından üçlü seks. Bu, her kadını ıslatmaya yeter."

"Öyleyse kararlaştırıldı. Yapıyoruz."

Kelly tek kaşını kaldırdı. "Böyle konuşmaya devam edersen, yere damlatmama neden olacaksın ve temizlemem gereken bir pislik olacak."

"Bu, bir şeyi doğru yaptığım anlamına geliyor."

"Her zaman yaparsın."

Richard gülümsedi, "10. yıl dönümümüz için hayallerin gerçek olacak. Bu harika bir gece olacak. Hadi güzel bir elbise giy. Seni güzel bir romantik akşam yemeğine çıkarıyorum. Sonra ben alıyorum. özel bir yerdesin . Daha önce hiç bulunmadığımız bir yer."

"Hala nereye gittiğimizi söylemedin."

Richard, "Oraya vardığımızda öğreneceksin," diye yanıtladı. "Memnun kalacağına söz veriyorum. Şimdi giyin."

Kelly, "Bu gece için mükemmel bir siyah elbisem var," dedi. "Yeni. Onu giymek için can atıyorum."

"Akşam yemeğinden sonra, onu çok uzun süre takmayacaksın."

Seni seviyorum Richard. Hayatımın son 10 yılı harika bir maceraydı, bunu biliyorsun, değil mi?"

"Ben de seni seviyorum," diye yanıtladı. "Ve macera daha yeni başlıyor."

Kelly'nin yüzünde şakacı bir ifade vardı. Kocasına güvenebileceğini biliyordu. Onun için her zaman doğru seçimler yaptı. Ama dikkatini çeken şey gizlilikti. Richard asla ketum biri olmadı. Ama bu gece farklıydı.

Kelly tencereleri ve tavaları kaldırdı ve üzerinde hâlâ cimri kıyafeti varken yiyecekleri buzdolabına geri koydu. Kocasının 10. yıl dönümü sürprizini merak ediyordu. Her ne ise, iyi olmalıydı.

Ancak, her şeyin ne kadar iyi olacağı hakkında hiçbir fikri yoktu. Seks hayatlarını yepyeni bir seviyeye taşıyacak mükemmel bir yıldönümü hediyesiydi.

Kadın Köle

Erika odada tek başına bekledi.

Bir tür ofisti. Bir nevi kütüphane. Duvarların her yerinde kitaplar vardı. Ve büyük bir tahta masa vardı. Erika'nın daha sonra oturması için masanın önünde bir sandalye vardı. Yüzü ona bakan bir tripod üzerinde oturan bir video kaydedici de vardı. Anında kapatıldı .

Oda zarafet ve sofistike bir yerdi.

söz konusu organizasyonu tavsiye ettiği için oradaydı . Her şeyin profesyonelce yürütüldüğü söylendi ve şimdiye kadar durum böyle görünüyordu. Her şey kurumsal bir şekilde ele alındı.

Kapı açıldı ve içeri Madam girdi. Uzun boyluydu, şehvetliydi ve zarif bir elbise giymişti. Tanınmış bir Madam'dan beklenebilecek, güçlü bir tavrı vardı.

Erika ayağa kalktı.

"Beklediğiniz için teşekkürler," dedi Madam.

El sıkıştılar.

"Endişelenme. Anladığım kadarıyla meşgul bir kadınsın."

"Her zaman meşgulüm ama yaptığım işi seviyorum."

"Bunu görebiliyorum."

"Her şeyi beğeninize göre buldunuz mu?" Madam sordu. "Umarım personelim size yardımcı olmuştur."

"Evet, çok, çok teşekkür ederim."

"Harika. Şimdi sakıncası yoksa, bu görüşme oturumunu şimdi kaydetmeye başlamak istiyorum," dedi Madam. "Yoğun bir programım var. Lütfen oturun."

Madam video kaydediciyi etkinleştirirken Erika oturdu. Sonra Madam masanın arkasına oturdu ve iki kadın birbirine bakarken rahatladı.

Madam, "Görüşmeye şimdi başlayacağız," dedi.

Erika endişeyle başını salladı. "Tamam aşkım."

"Özgeçmişinizi ve tıbbi kayıtlarınızı zaten inceledim. Her şey kabul edilebilir görünüyor. Bu, seçmelerinizin son aşaması. Kuruluşumuzun işleri sizin için daha uygun hale getirebilmesi için bunu kaydetmek istiyoruz."

"Anladım."

Madam, "Kamera için adınızı söyleyin," diye emretti.

"Erika Sanders."

"Yaş?"

" 28."

"Medeni hal?"

"Evli."

"Meslek?"

"Ben avukat yardımcısıyım," diye yanıtladı Erika. "Avukatların davaları hazırlamasına, müvekkillerle görüşme yapmasına, araştırma yapmasına, bu tür şeylere yardım ediyorum."

"Görünüşünüzü nasıl tanımlarsınız?"

Erika bir an düşündü. "Omuz hizasında saçlarım var. Hafif dalgalı. Kumral rengi, biraz kahverengimsi. Ortalama bir yapı. Bana çekici olduğum söylendi."

"Katılıyor musun?" Madam sordu.

"İnsanların düşündüğü buysa, bu onların görüşüdür."

"Fikrini soruyorum. Çekici olduğuna katılıyor musun?"

"Sanırım öyleyim. Kesinlikle süper model çekici değilim ama görünüşümden memnunum."

"En iyi yüz özelliğin nedir?"

"Muhtemelen gözlerim. Koyu maviler. Onları seviyorum."

Madam, "Kabul etmeliyim," dedi. "Delici mavi gözler. Şirin bir burun. Ve güzel dudaklar. Çok hoş bir yüzün var."

"Teşekkür ederim."

"Ya vücudun? Vücudunu nasıl tanımlarsın?"

"Oranlarım oldukça ortalama. Hafta sonları koşarak ve hafta içi yoga yaparak formumu koruyorum."

"Memelerini nasıl tarif edersin?"

Erika bir an düşündü. "Avuç dolusu küçükler. Sıkı. Hafifçe kalkık. Şekilleri armut gibi. Göğüs uçlarım açık pembe. Göğüs uçlarım çıkıntılı pembe."

"Meme uçlarınız hassas mı?"

"Çok."

"Mastürbasyon yaparken göğüs uçlarınla oynuyor musun?"

"Bazen," diye onayladı Erika.

"Ya bacakların ve popon? Onları nasıl tanımlarsın?"

"Oldukça tonda," diye yanıtladı Erika, sesinde bir parça gururla. "Boş zamanlarımda yaptığım tüm egzersizlerden."

"Şimdi bana cinsel deneyimlerinden bahset. Çok partnerin oldu mu?"

"Pek sayılmaz," diye yanıtladı Erika. "Hayatım boyunca 7'den az. Ortalıkta tek gecelik ilişki arayan birinden çok ilişki tipi bir insanım ."

Madam gülümsedi, "Ama yine de buradasın, maceraperestsin."

Erika kızararak, "Biliyorum," dedi.

"Kendini cinsel açıdan maceracı biri olarak tanımlar mısın?"

"Tam olarak değil."

"O zaman seni buraya getiren nedir?"

"Deneyim," diye yanıtladı Erika. "Yalnızca kendim için yeni bir şey deneyimlemek istiyorum. Açıklaması zor ama cinselliğimi henüz gençken keşfetmek istiyorum. Eminim bunu çok duyuyorsunuzdur."

"Her zaman," diye onayladı Madam. "Yani, yeni şeyler denemeyi seviyor musun?"

"Tabii, bazen. Kim yapmaz ki?"

"Anal ile deney yapmayı sever misin?"

"Bunu eski ortaklarımdan birkaçıyla yaptım. Her zaman değil, ama arada bir keyifli oluyor."

"Üçlü mü?" Madam sordu.

"HAYIR."

"Olasılığa açık olur muydunuz?"

"Buna açık olurdum. Doğru insanlarla olsaydı umurumda olmazdı. Özellikle grubun itaatkârı olsaydım. Aksi takdirde ne yapacağımı bilemezdim."

"Esarete ne dersin?"

"Hafif esaret konusunda deneyimim var. Aşırı ya da sert bir şey yok. Sadece ev yapımı şeyler, evin etrafındaki şeyler, bunun gibi şeyler. Acı verici de değil."

"Kölelik deneyiminiz tatmin edici miydi?"

Sorun yoktu, diye dürüstçe yanıtladı Erika. "Bu konuda pek deneyimli değilim. Eski ortaklarım da öyle değildi. Küçük, eğlenceli bir fanteziyle oynuyor gibiydi."

"Esaret bir sanattır. Pek çok insan bunda iyi değildir."

"Kabul ediyorum."

"Lezbiyen karşılaşmalar ne olacak?" diye sordu Madam. "Daha önce hiç bir kadınla birlikte oldun mu?"

"Üniversitede bir oda arkadaşımla birkaç lezbiyen deneyimim oldu. O zamandan beri hiçbir şey olmadı."

"Eğlendin mi? Hâlâ düşünüyor musun?"

Erika gülümsedi, "Evet ve evet."

"Amcık yemekte iyi olduğunu düşünüyor musun?"

"Öyle olduğum söylendi."

"Her şey düşünüldüğünde, çiftlerle harika olacağını düşünüyorum. Sende çok doğal bir kıvılcım var, meraklısın, açık fikirlisin ve gerektiğinde iki tarafa da sallanıyorsun."

"Daha önce bir çiftle birlikte olmayı hiç düşünmemiştim," diye yanıtladı Erika. "Ama yapılabilir gibi görünüyor. Sanırım buna hazırım."

Madam başını salladı. "Sen çok çekici bir kadınsın Erika, harika bir kişiliğe sahipsin. Burada olduğun için mutluyuz."

"Teşekkür ederim."

"Şimdi bu bizi son üç soruya götürüyor. En önemli sorular. İlk olarak, ne kadar itaatkarsın ? Bana itaatkar yanından bahset."

Erika düşüncelerini topladı. "Cinsel bir insan olduğumdan beri itaatkar olduğumu biliyordum. Belki hemen anlamamıştım ama neyi sevdiğimi biliyordum. Yatak odasında kontrol edilmekten ve 'alınmaktan' keyif alıyorum."

"Neden?"

"Bırakma özgürlüğü var. Bana ne yapacağım söylendiğinde ya da bağlıysam, tüm kontrolümü kaybediyorum. Bana göre bunda bir özgürlük var. Her şey benim elimde değil. Kendimi güvende ve sıcak hissediyorum." Ve cinsel ilginin merkezi olma hissini seviyorum. Eşim tarafından bedenime tapılıyor ve kullanılıyor."

Havada cinsel bir gerilim vardı. Ham duyguydu. Kaydedilen görüşme sırasında Erika kendini bırakıyordu . Ve Madam, Erika'nın savunmasız tarafını gördüğü her andan zevk alıyordu.

"Şimdi ikinci soru," dedi Madam. "Köle olmaya hazır mısın?"

"Ben."

"Neden?"

"Emirleri iyi alırım. Neyi nasıl yapacağımın söylenmesinden hoşlanırım. İşimde bile, patronumun tüm emirlerini çok dakik yaparım. Hafif ağrılarla başa çıkabilirim. Çok acı verici olmadığı sürece , Keyfini çıkaracağım. Bunların hepsi iyi bir itaatkar olmanın bir parçası, değil mi?"

"Haklısın," diye onayladı Madam. "Şimdi üçüncü ve son soruya geçelim. Neden bir gecelik müzayedeye çıkmak istiyorsun?"

"Bu en büyük boyun eğme fantezisi. Bilirsin, elimden gelenin en iyisini yapmak, beğenilmek, sonra tamamen bir yabancı tarafından satın alınmak. Hiç tanımadığım biri tarafından cinsel olarak kullanılma fikrine bayılıyorum. Bu çok tabu."

"Baskıyı kaldırabileceğini düşünüyor musun?"

"Sanırım," diye yanıtladı Erika.

"Nereden biliyorsunuz?"

"Çünkü sanırım bundan vazgeçeceğim. Açıklaması zor. Ama bundan zevk alacağımı biliyorum. Kesinlikle gergin olacağım ama bunun üstesinden gelebilirim."

Madam gülümsedi ve nezaketle ayağa kalktı. Video kaydediciyi sehpadan kaldırdı ve elinde tuttu. Sonra Erika'ya doğru yürüdü ve onun önünde durdu.

Madam, kamerayı Erika'ya doğrultarak, "Soruları bitirdik," dedi. "Sürecin son kısmı, gerçekten baskı altında performans gösterip gösteremeyeceğinizi görmek."

"Tamam aşkım."

Madam, kamerayı aşağı doğru çevirirken elbisesinin alt kısmını kaldırdı ve çıplak vajinasını ortaya çıkardı.

"Şimdi kamera karşısına geç," dedi Madam. "Beni etkile."

tereddüt etmeden öne doğru eğildi ve dudaklarını Madam'ın çıplak tenine bastırdı.

***

Eğitim çok gayri resmi bir şeydi.

Erika'nın işten uzakta fazla zamanı olduğunda, görüşmeyi yaptığı yerde Madam'ı ziyaret ederdi.

Orada, uygun bir itaatkar köle olma sanatında eğitildi.

Madam, "Öğrenecek çok şeyin var," dedi. "Neyse ki, doğuştan yetenekli bir itaatkarsın. Seni eğitmek kolay olacak."

Ve Madam haklıydı.

Erika doğaldı. İyi itaatkar davranış ve uygun görgü sanatında yetiştirildi. Oral seks yapmanın inceliklerini öğretti. Ve ona bağlıyken rahatlamanın uygun yolu öğretildi.

Erika normal hayatına devam ederken, müzayede hep aklının bir köşesindeydi. Avukat yardımcısı olarak çalışırken, kocası, annesi ve kız kardeşleriyle vakit geçirirken ya da arkadaşlarıyla kafelere giderken, verdiği kararı düşünmeden edemiyordu .

Bir yanı böyle bir şey yaptığı için deli olduğunu hissetti. Diğer yanı, tam olarak istediğinin bu olduğunu biliyordu. Ne de olsa Madam son derece profesyonel bir operasyon yürütüyordu ve her şey güvendeydi.

Ama yapmazsa her zaman pişman olacağını biliyordu.

Erika hayatının baharındaydı. O yetişkin bir kadındı. Ve onu sonsuza dek etkileyecek bir karar vermeyi seçmişti .

Müzayede

Büyük müzayedenin olduğu geceydi.

Bir makyaj sanatçısı görünüşünü düzeltirken küçük bir özel odada oturdu. Kısa bir süreçti ve bittiğinde Erika, büyük bir galaya hazır bir Hollywood oyuncusu gibi hazırlandığını görmek için gözlerini açtı. Her açıdan mükemmel. Saçları da güzel yapılmıştı.

Makyaj sanatçısı odadan çıktı ve Erika ne giyeceğine karar vererek küçük bir gardırobun önünde durdu.

Biraz düşündükten sonra transparan bir siyah sutyen ve külot giymeye karar verdi. Minik kıyafeti giydi ve aynada kendini inceledi. Sonra ayağındaki topuklu ayakkabılar geldi ve kendine bir kez daha baktı.

Erika, yansımasını zar zor tanıyabildi.

Eğitimli hukuk asistanı gitmişti. Yan komşu kızı gitmişti. Uygun genç kadın gitmişti.

Köle Erika, göz kamaştırıcı makyajı, iyi yapılmış saçları ve göğüs uçlarının rengini ortaya çıkaracak kadar ince sutyeniyle tam karşımda duruyordu.

Kendi yansımasına baktığında, alıcısının kim olacağını merak etti. Bir erkek olur mu? Belki bir kadın? Kişi nazik mi yoksa kaba mı olur?

Tanrım, adamın nazik olmasını umuyordu. Erika, kendisine sevgi ve özenle davranılmasından hoşlanan bir kadındı. O sevecen bir itaatkârdı. Bu onun sevdiği türdendi. Düşünceli bir baskın istiyordu. Her iki durumda da, sonucu kabul etmeye hazırdı. Orada olmayı seçen yetişkin bir kadındı.

Ne de olsa bu onun büyük fantezisiydi.

Kapı çalınmıştı.

"İçeri gel," dedi Erika.

Kapı açıldı ve Madam içeri girdi, üzerinde güzel uzun kırmızı bir elbise vardı. Makyajı da güzel yapılmıştı. Madam'ın gözleri, gördüğü şeyden memnun bir şekilde boyun eğen adama baktı.

Madam kapıyı kapatarak, "Her zamanki gibi muhteşem," diye iltifat etti.

"Teşekkür ederim."

Madam siyah bir tasma tutuyordu ve Erika bunun ne işe yaradığını anında anladı. Ama Madam tasmadan bahsetmedi, en azından henüz.

"Nasıl hissediyorsun?" Madam sordu. "Hiç gergin misin?"

"Biraz. Kısmen heyecanlı."

"Sizi temin ederim ki, sizin durumunuzdaki bir kadın için bu çok normal bir duygu. Son derece sağlıklı."

" Pekala, bunu duyduğuma sevindim."

"İyi yapacaksın," diye güvence verdi Madam. "Zihinsel olarak doğru yerdesin. Ve bu gece bir köle satın almak isteyen pek çok harika insanımız var. Emin ellerde olacaksın."

Erika gülümsedi, "Bunu duyduğuma çok sevindim."

"Gece için en büyük umudun ne?"

"Anonim bir yabancının beni sınırları zorlaması için. Keşfetmek isterim. Demek istediğim, tüm bunların amacı bu, değil mi?"

Madam başını salladı ve hafifçe gülümsedi. " Evet öyle . Ve sana söz verebilirim, itilme arzun karşılanacak. Görüyorsun, buraya köle satın almaya gelen müşteriler çok tecrübeliler. Ne yaptıklarını çok iyi biliyorlar. Yani itaatkar tarafın gece bittiğinde memnun."

"Beni daha da sinirlendiriyorsun, ama iyi anlamda."

"Gergin olmayın," diye yanıtladı Madam nezaketle. "Şimdi söyle bana, en büyük korkun ne?"

"Beni kim satın alırsa alsın kabalık edecek. Bilirsin , bu tür şeyler. Ben acıyı sevmem, zaten kötü olanı da sevmem."

Madam gülümsedi, "Sizi temin ederim ki bu olmayacak. Tüm üyelerimiz ve müşterilerimiz sizinle büyük bir özenle ilgilenecek."

"Ben de öyle duydum. Burada köle olmaya karar vermemin nedenlerinden biri de bu."

"Konu açılmışken, az kaldı. İsterseniz burada, isterseniz sahne arkasında bekleyebilirsiniz. Sıranız geldiğinde asistanlarım sizi sahneye götürecek."

Erika derin bir nefes aldı. "Midemde kelebekler uçuşuyor. Aman Tanrım. Gerginim. Ama hazırım."

Madam eğitimli kölenin omuzlarını ovuşturdu. Anaca ve sevecen bir şekilde yapıldı.

"Sen güçlü bir kadınsın. Bunu yapabilirsin."

"Yapabileceğimi biliyorum. Aslında çok heyecanlıyım."

"Mükemmel," Madam gülümsedi. "Şimdi, son bir şey."

Madam parmağıyla siyah bir tasmayı kaldırdı ve şakacı bir şekilde döndürdü. Erika ne yapacağını çok iyi biliyordu ve boynunu gösterecek şekilde saçını kaldırdı.

Madam, yüzleri aynaya dönükken, tasmayı Erika'nın boynuna doladı. Boynun ön kısmında gümüş harflerle SLAVE yazan bir tasmaydı.

Erika aynadaki yansımasına bakarken saçını yukarıda tutmaya devam ederken, Madam yakanın arkasına bir tasma taktı.

Ve her şey tamamlanmıştı. Erika tam bir köle kıyafeti giymişti ve en yüksek teklifi verene açık artırmaya çıkarılmaya hazırdı.

"Muhteşem görünüyorsunuz," diye kulağına fısıldadı Madam. "Bu gece senin düzüşmeni izleyemeyeceğim için biraz üzgünüm. Ama bunun senin için harika bir deneyim olacağını biliyorum. Müzayede birazdan başlayacak."

Madam, köleyi yanağına bir öpücük kondurduktan sonra odadan çıktı.

***

Çoğu insanın bir müzayedenin nasıl bir şey olduğu hakkında bir fikri vardır. İnsanlar müzayedeleri düşündüklerinde, sahnede hızlı hızlı konuşan bir adamı ve satılık olan herhangi bir ürün için teklif vermek üzere ellerini kaldıran katılımcıları düşünürler.

Bu benzerdi. Ama aynı zamanda çok farklı.

Erika, transparan minicik giysisi ve siyah yakasıyla kuliste durmuş, Madam müzayedeyi yönetirken onu dinliyordu.

Her köle özenle satıldı ve sanki dünyanın en büyük hazineleriymiş gibi değerli mallarmış gibi muamele gördü. Yürütülen müzayedeyi dinlemek kalbinin hızlı atmasına ve amının ıslanmasına neden oldu.

Sonunda sıra ona geldi.

Madam seyircilere "Bayanlar ve baylar," dedi. "Sırada çok özel bir ikramımız var. Köle deneyiminde yeni. Ama aynı zamanda çok hazırlıklı. Lütfen güzel Erika'ya hoş geldiniz."

Erika hala kulisteyken küçük seyirci hafif bir alkış verdi. Dar giyimli iki kadın Erika'ya yaklaştı ve onu tasmasından tuttu. Kadınlar tek kelime etmediler.

Erika sahnenin ortasına götürüldü. Erika spot ışığı altında sahnenin ortasında durduğunda, mikrofona konuşan Madam ile birlikte kadınlar onun yanında durdu.

Düzgün bir hanımefendi gibi soğukkanlılığını korumak için elinden gelenin en iyisini yapsa da, kalbi öfkeyle çarpıyordu. Karanlık bir odaydı. Ama kalabalığı belli belirsiz gördü. Orada en az 50 kişi olmalıydı. Hepsinin abartılı giyindiğini görebiliyordu.

Erkekler güzel takım elbise giyerdi. Odadaki birkaç kadın süslü elbiseler giymişti. Klas bir ilişkiydi ve hepsi seks için oradaydı.

Madam, "Bu güzel Erika," dedi. "Gündüz, profesyonel bir kariyer kadını, hukuk asistanı olarak çalışıyor. Ancak, onun fantezisi, olmak için doğduğu iyi bir köle gibi davranılmak. Her yönden itaatkar. Ve inan bana, ben bunu kendim öğrendim."

Madam parmaklarını şaklattı ve sahnedeki kadınlar Erika'nın sütyenini çıkararak göğüslerini açıkta bıraktı. Sonra kadınlar Erika'nın külotunu indirdiler.

Tanrım, Erika amının seğirdiğini hissetti. İyi giyimli insanlarla dolu odadaki tek çıplak kişi oydu. Bütün gözler onun üzerindeydi. Parlak spot ışığı onun çıplak vücuduna odaklanmıştı.

Madam devam etti. "Gördüğünüz gibi fiziksel olarak mükemmel. 28 yaşında bir Yoga uygulayıcısı olarak hayatının baharında. Olgun armut şeklinde göğüsler. Emilmesi için yapılmış hassas ve çıkıntılı pembe meme uçları. Esir alınırken kavranması için yaratılmış. Esnek bir vücut, ırzına geçilirken herhangi bir şekilde bükülmesi için yapılmış. Emmek için yapılmış bir ağız. Anal seks için yapılmış bir popo ve katlanmak için yapılmış bir am."

Odadaki gözler Erika'nın çıplak vücuduna dikildi.

Madam devam etti, "Gördüğünüz köle oral seks sanatında oldukça usta. Özellikle kadınları tatmin etme sanatında. Bunu size ilk elden deneyimle söyleyebilirim. Aynı zamanda erkek tatmininde de usta. evli çiftler için ideal."

Erika kıpırdamadan durdu ve gözleri odayı taradı. Oda karanlık olmasına rağmen, odadaki insanların belli belirsiz yüz ifadelerini görebiliyordu, onu ele geçirme düşüncesiyle salyalarının aktığını görebiliyordu.

Madam devam etti, "Hafif esaretten hoşlansa da narin bir kedi yavrusu ve son derece nazik ve saygılı davranılması gerekiyor. Ne de olsa o çok özel bir kız."

Derinlerde, Erika'nın umduğu her şey buydu. Beklediğinden çok daha korkutucuydu ama o gece aradığı o tuhaf teşhirci heyecanını aldı.

Madam, "Bu köle için başlangıç fiyatı 5.000 dolar," dedi.

Aniden, odadaki ışıklar biraz parladı ve artık o kadar karanlık değildi. Erika seyirciyi daha iyi görüyordu ve bu onu daha da gerginleştiriyordu. Odadaki insanların yüzlerini görebiliyordu . Çok daha korkutucuydu. Ve çok daha tahrik ediciydi.

Teklifler geldiğinde Erika neredeyse hiçbir şey duyamadı. Aklı dönüyordu. Büyük bir aceleydi. Zar zor duyabiliyordu ama odadaki insanlar Erika'nın vücudu ve cinsel hizmetleri için teklif verirken, ağır çekimdeymiş gibi görünen ellerin havaya kalktığını görebiliyordu.

Erika, aşağıdaki sözleri duyunca transtan fırladı.

"Satıldı! 38 numaralı konuğa, 15.000 dolara."

Erika'nın gerçeğe döndüğü an buydu.

***

Müzayede sona erdiğinde köleler, küçük kıyafetlerini giymiş olarak, sahnenin arkasında durarak itaatkar bir şekilde düzenli bir sırada durdular. Hepsi tasmalı ve yeni sahiplerine gönderilmeye hazırdı.

Erika satılmışlık hissinden zevk aldı. Yeni efendisiyle tanışmak istedi. Heyecan vericiydi. Onun iyi bir adam olmasını umuyordu. Unutulmaz bir deneyim olmasını tüm kalbiyle diledi. Yeni sahibinin ne tür fetişleri olduğunu merak etti. Belki de sadece sevişmek istemiştir? Bunda yanlış bir şey yok.

Hepsi satılma deneyiminin bir parçasıydı. Merak, aklını döndürdü ve amını ıslattı.

Madam geldi ve tüm köleleri bizzat tebrik etti. Sonra onlara gecenin daha yeni başladığına dair güvence verdi.

Her köleye bir parça kağıt verdi, ardından az giyimli kadınlar onlara eşlik etti.

Sıra Erika'ya geldi.

Madam, "Bu gece çok şanslı bir kedi yavrususun," dedi.

Erika'ya üzerinde 930 yazan küçük bir kağıt uzattı. Sahibinin olacağı oda numarasıydı.

"Teşekkür ederim."

Madam, "Yeni sahibinizin sizin için özel bir şeyi var," dedi. "Hazır mısın?"

"Ben."

"Bunu duymak hoşuma gidiyor. İyi olacaksın. İçgüdülerine güven ve ilk kölelik deneyiminin tadını çıkar. İçindeki itaatkâr, hak ettiği zevki alacak. Tamam mı?"

Bunun üzerine Madam öne doğru eğildi ve Erika'nın dudaklarına nazik bir öpücük kondurdu. Öpüşme sona erdiğinde birbirlerinin gözlerinin içine baktılar ve Erika'ya yakasına takılan tasma eşlik etti.

Gece

Dar giyimli iki kadın Erika'yı asansöre, ardından odaya götürdüler. Hiçbiri tek kelime konuşmadı. Kadınlar konuşmadı. Ve Erika bir şey söyleyemeyecek kadar gergindi.

Erika hâlâ transparan üstünü ve küçük külotunu giymişti. Ve yakasındaki tasma tarafından yönlendiriliyordu.

Odaya geldiklerinde kadın kapıyı çaldı ve açtı.

Erika, mükemmel bir hanımefendi duruşuyla, iyi bir kölenin duruşuyla girişin yanında durduğu odaya götürüldü ve iki kadın kapıyı kapatarak ayrıldılar.

Alıcısıyla yalnız kaldı.

Odanın kendisi lüks bir otel odasına benziyordu. Düzgündü, çok temizdi ve şık bir havası vardı. Sadece bazı ışıklar yanıyordu. Oda ışık ve karanlığın karışımıydı.

Sandalyede, orada oturan bir adam vardı. Keskin bir takım elbise giymişti ve yüzü kısmen karanlıktaydı. Erika, zayıf ışıkta adamın 30'larında ya da 40'larının başında olduğunu anladı. Yüzünde herhangi bir ifade yok gibiydi.

Masanın üzerine özenle yerleştirilmiş güzel siyah bir elbise vardı.

Yatakta çıplak bir kadın vardı. Bilekleri karyola direklerine bağlıydı. Ayak bilekleri alt karyola direklerine bağlıydı ve açık kartal pozisyonundaydı. Gözlerini kapatan bir göz bağı vardı. Ve ağzında kırmızı bir tıkaç.

Erika bu gerçeküstü manzara karşısında adrenalinin geri döndüğünü hissetti. Profesyonel bir domin elinde olduğunu gördüğü şeylerden biliyordu. Biraz amatör değil. Deney yapan biri değil. Ama gerçek bir profesyonel.

"Soyun," dedi adam gelişigüzel bir şekilde. "Topuklarını da. Ama yakanı açık bırak. Tasmayı seviyorum."

"Evet efendim."

Erika itaat etti. Armut şeklindeki göğüslerini ortaya çıkarmak için üstünü çıkardı. Düzgün tıraşlı kasıklarıyla birlikte düzgün atletik bacaklarını sergileyen poposunu çıkardı . Ve topuklarını çıkardı.

Bu kısa anlarda Erika, yeni sahibinin önünde tamamen çırılçıplak durdu. Tasması hâlâ aşağıda asılı duran boynundaki KÖLE tasması dışında tamamen çıplaktı.

Artık gergin değildi. İnsanlarla dolu bir odada sahnede çıplak durduktan sonra, bu noktada her şeyin üstesinden gelebilirdi.

Adam, "Benim adım Richard," dedi. "Yatakta gördüğünüz çıplak kadın Kelly."

"Merhaba Richard," diye yanıtladı, samimi görünmeye çalışarak. "Ben Erika."

"Hoş geldin Erika. Şaşırmış olmalısın."

"Neden?"

"Karım yatakta çırılçıplak bağlıyken seni satın aldığımı."

Yani yataktaki bağlı çıplak kadın, Richard'ın karısıydı. Erika gerçekten şaşırmıştı ama iyi anlamda. O gece açık fikirliydi ve her şeye hazırdı.

"Kesinlikle alışılmışın dışında," diye yanıtladı Erika. "Ama hayatta hepimizin fantezileri var. Ve ben yargılanacak biri değilim."

"Boynunda bir tasma varken olmaz."

"Evet."

Richard, "Birkaç nedenden dolayı seni seçtim," dedi. "Birincisi, çok güzelsin. İkincisi, bu işte yenisin. Üçüncüsü, karım senden hoşlanıyor. Dördüncüsü, görünüşe göre diğer kadınları memnun etmekte çok iyisin."

Erika başını salladı. "Bana bu yeteneğe sahip olduğum söylendi."

"Güzel, çünkü karım daha önce hiç kadın memnuniyeti zevkini tatmamıştı. Yine de ilgileniyor."

Erika bağlı, gözleri bağlı ve ağzı tıkalı çıplak kadına baktı.

"Eminim çok hoş bir insandır."

Richard, "Ve çok da itaatkar," diye ekledi. "Görüyorsun, daha önce de belirttiğin gibi, karımla benim çok alışılmışın dışında bir evliliğimiz var. Ben onun kocasıyım. Ben de onun eviyim. O benim karım. O da benim itaatkârım. Birbirimizi çok seviyoruz. . Ve birbirimizin ihtiyaçlarını karşılıyoruz."

"Anlıyorum, efendim."

"Lütfen, bana Richard deyin."

"Tamam Richard."

"Bugün çok özel bir gün. 10. yıl dönümümüz. Onu evde bağlayıp boşalması yetmez. Hayır. Bugün gibi bir gün özel olmalı. Bu yüzden onu buraya getirdim." . İşte bu yüzden seni bu gece için kölem olarak satın aldım."

Fantezi canlanmıştı. Erika sinirlerinin bozulduğunu ve amının ıslandığını hissetti. Tanrım, buna hazırdı.

"Elimden geldiğince yardım etmeyi çok isterim."

"Hiç evli bir çifti ağırladınız mı?"

"HAYIR."

"Üçlü mü?"

Erika başını salladı. "HAYIR."

"Pek deneyimli değilsin, değil mi?"

"Hayır, özür dilerim. Madam'a bu dünyada yeni olduğumu açıkça belirttim. O yüzden , eşit seviyede değilsem beni bağışlayın. Ama elimden gelenin en iyisini yapacağıma söz veriyorum."

"Özür dileme," diye yanıtladı. "Ben de daha önce hiç üçlü yapmadım. Ve daha önce Kelly'yi başka bir partnerle tanıştırmadım. Bu yüzden bunun için mükemmelsin. Bunu birlikte keşfedebiliriz."

Erika başını salladı. "Bunu isterim."

"İster misin? Ben sana arkadan tecavüz ederken karımın amını tatmak ister misin?"

"Evet."

"Başlamak ister misin?"

Erika başını salladı. "Evet."

"Öyleyse köle, karımın amcığı ardına kadar açıldı. Eminim şimdiden sırılsıklam olmuştur. Neden gidip bir tadına bakmıyorsun?"

"Teşekkür ederim."

Erika, yataktaki bağlı ve çaresiz kadına yaklaştı. Yaklaştıkça kadının çıplak kısımlarını daha net görüyordu. Erika, kısmen aydınlatılmış odada kadının kahverengi meme uçlarını ve temiz bir şekilde tıraş edilmiş vajinal bölgesini gördü.

Gerçeküstü bir andı ve Erika daha önce hiç tanışmadığı bir kadına oral seks yapmak üzereydi. Bağlı ve gözleri bağlı bir kadın. Ağzı tıkaç olduğu için konuşamayan bir kadın.

Ve herhangi bir kadın değildi. Sahibinin karısı Kelly idi.

Erika yatakta, Kelly'nin bacaklarının arasına yerleşti. Bundan zevk alıp almadığını, Kelly'nin ne düşündüğünü merak etti. Bunun gerçekten Kelly'nin fantezisi olup olmadığını merak etti.

yayılmış kartal kedisine daha yakından baktığında soru cevaplandı . Kedi içinde ıslaktı. Sıvılar parlıyordu. Kelly'nin oldukça tahrik olduğunu belirlemek roket bilimi değildi . Hakkında hiç şüphe yoktu.

Erika, Kelly'nin kalçalarını ovuşturdu ve merkeze yaklaştı. Sonra öne doğru eğildi ve kediye güzel bir öpücük verdi. Kelly'nin titremesine neden oldu. Bir kez daha yaladıktan sonra Kelly'nin bacakları seğiriyor gibiydi. Erika iyi bir köle gibi aşağı yukarı yaladı.

Richard, "Karıma tadının nasıl olduğunu söyle," dedi.

"Tadı harika."

"Karıma söyle."

Erika gözleri bağlı ve ağzı tıkalı kadına baktı. "Harika bir tadın var Kelly, gerçekten öyle. Zevkine kesinlikle bayılıyorum. Buna bayılıyorum. Amının tadı dilime değmesine bayılıyorum."

Kelly'den bir sızlanma sesi geldi ama ağzındaki top tıkacı yüzünden bu ses boğuk çıkmıştı.

"İyi dedin," diye övdü Richard. "Şimdi yalamaya devam et. Boşalmasını sağla."

Erika işine devam etti ve oral dikkatini ıslak kediye odakladı. Bu arada, bağlı eş ağzındaki tıkaçla inlemeye ve yatakta kıvranmaya devam etti.

Erika'nın dili vajinanın derinliklerine gömülüp ustaca aşağı yukarı yalarken, hoşlandığı kadını merak etti. Kelly'nin sıradan hayatında nasıl biri olduğunu, geçimini sağlamak için ne yaptığını, hangi hobileri olduğunu, ne tür yiyecekler yemeyi sevdiğini, hangi televizyon programlarını izlemeyi sevdiğini merak etti.

Merak sadece cinsel sayacı çok daha sıcak hale getirdi. Belki Erika, bir gün konuşup arkadaş olduklarında tüm cevapları öğrenecekti. Ya da belki asla birbirleriyle konuşmayacaklardı. Kim bilir?

Ama o noktada önemli olan tek şey Kelly'nin amını memnun etmekti. Erika'nın şimdiye kadarki tek işi buydu.

Erika iş yerinde her zaman emirleri iyi alır ve her zaman yerine getirirdi. Şimdi, patronu Richard'dı ve karısına boşalması emredilmişti.

Dili aşağı yukarı okşamaya devam etti. Dudakları kediye karşı basılı kaldı. Ve ara sıra, kediyi güzelce emer ve doğal öz sularını höpürdete çıkarırdı.

Kelly yatağa bağlı olarak uzanırken her hareket ona eşit bir tepki veriyordu. Karısı bileklerini bağlayan ipleri çekti. Ve ayak bileklerini bağlayan ipleri çekti. İnleme sesleri, ağzındaki kırmızı top tıkacıyla boğuk çıkıyordu.

Erika, sözlü tekniğinin işe yaradığını ve istenen etkiye ulaştığını bildiğinde daha çok çalıştı.

Richard, "Ayak parmakları kıpırdıyor," dedi. "Bu, orgazma ulaşmaya yakın olduğu anlamına geliyor."

İşte o zaman Erika daha çok çalıştı. Daha sert ve daha hızlı yaladı. Dudaklarını daha sıkı bastırdı ve artan yoğunlukta emdi.

Kelly sertçe kıvrandı ve onu bağlı tutan ipleri çekti. Sert bir şekilde inledi ama top tıkacı tarafından bastırıldı.

"Yut," dedi Richard köleye. "Karım fışkırtıyor. Seni uyarmalıyım . Sakıncası yoksa onu yutmanı istiyorum."

Köle "Mmm hmm" diye onayladı.

Elbette orgazm geldi ve muhteşem bir şekilde geldi. Erika emmeye ve yalamaya devam etti ve Kelly güçlü bir orgazm yaşadı.

Kelly'nin amından sıvı fışkırdı ve Erika'nın ağzına girdi. Birkaç hamlede geldi ve Erika'nın ağzı amansızca yutkunuyordu. Kelly'nin vücudu sarsıldı ve kıvranırken, Erika son derece eğitimli ağzıyla oral sihrini uygulamaya devam etti.

Bittiğinde, sıvılar dışarı çıkmayı bıraktı ve Kelly burnundan ağır ağır nefes alırken, Kelly'nin vücudu hareketsiz kaldı.

Erika, taze bir kat ıslak makyaj gibi, ağzının her yerinde kedi sıvılarıyla dimdik oturdu.

"Bravo," dedi Richard gelişigüzel bir şekilde. "Harika bir iş çıkardın."

"Teşekkür ederim efendim ."

" Öyleyse söyle bana, karımın tadı nasıl?"

"Lezzetli, efendim."

"Erika, kölem, şimdi seni becereceğim. Ve seni kıçından becereceğim."

Yutkundu. "Evet usta."

"Normal bir pozisyonda yapmayacağız. Anlıyor musun? Bu farklı bir şey olacak. Daha önce hiç yapmadığın bir şey."

"Aklım ve bedenim sana açık."

Richard memnun bir şekilde başını salladı. "Dört ayak üstüne çık. Karımın üstünde dur. Onun gözlerinin içine bakacaksın."

Tekrar yutkundu. "Evet usta."

dört ayak üstüne çıktı ve az önce yoğun bir lezbiyen orgazm yaşadığı çıplak kadının üzerinde konumlandı. Herhangi bir kadın değil. Ama o gece yeni sahibinin karısı.

Pozisyondayken, Kelly'nin yüzünden sadece birkaç santim uzaktaydı. Gözleri bağlı ve tıkaçlı olmasına rağmen Erika, Kelly'nin çok güzel yüz hatlarına sahip olduğunu anlayabiliyordu ve Kelly'nin esaret olmadan nasıl göründüğünü merak etti.

Pozisyonu alırken, Richard'ın kalkıp kıyafetlerini çözdüğünü duydu. Ona bakmadı. Dört ayak üzerinde, doğrudan bağlı eşin üzerinde pozisyonda kaldı.

Richard köleye, "Karım harika bir kadın," dedi.

Tam o sırada Erika bir şişe kapağının açılma sesini duydu . Yağlama olduğunu hemen anladı. Richard'ın kayganlaştırıcıyla kaplı parmağını anüsüne bastırdığını hissettiğinde şüphesi doğrulandı.

Yağlanmış parmak Erika'nın poposunun içine itildi.

Devam etti, "Kelly 10 yıldır itaatkar karım. Her yönden sadık ve değerli. Bu gece bizim için yeni bir şey."

Parmak içeri ve dışarı hareket ederek Erika'nın rektal duvarlarını kapladı.

Şu anda konuşamasa da göremese de onu sevdiğini söyleyebilirim. Vücut tepkileri şöyle: okuması kolay. Ayak parmaklarının kıvrılması ve bacaklarının titremesi, yoğun bir orgazm yaşadığı anlamına geliyor. Amından gelen sıvılar bunu yalnızca doğruladı."

Richard'ın parmağı çekildi. Sonra ereksiyonunun ucunu Erika'nın minik anüsüne bastırdı.

Ekledi. "Onu görmek istiyor musun? Onu öpmek istiyor musun?"

"Evet efendim," diye onayladı Erika. "İsterim."

"Neden?"

"Birlikte özel bir deneyim paylaştık. Ve bence o çok güzel."

Richard, "O muhteşem," dedi. "Devam et, kendin gör. Göz bağını çıkar. Ağzındaki tıkacı çıkar."

Erika mecbur kaldı. Göz bağını dikkatlice çıkardı, sonra iki kadın aniden göz teması kurdu. Erika karısının gözlerinin içine baktı. Ve Kelly, az önce amını yemiş ve ona lezbiyen orgazm veren kadını gördü .

Sonra Erika kırmızı top tıkacı çıkardı ve aniden Kelly'nin ağzı serbest kaldı, derin nefes almak için nefesi kesildi.

Erika, sonunda güzel karısının yüzünü gördüğü için mutluydu. Ve Kelly'nin sesinin nasıl olduğunu ya da gerçekten birbirlerine bir şey söyleyip söylemeyeceklerini merak etti.

Ama olmadı, henüz olmadı.

Richard aletini Erika'nın poposuna bastırdı ve köle küçük bir havlama sesi çıkardı. Horoz daha da derine indi ve Erika hâlâ Kelly'nin gözlerine bakarken gözleri genişledi ve ağzı açıldı.

"Karımdan hoşlanıyor musun?" diye sordu Richard, aleti kölenin kıçının derinliklerine gömülüyken.

"Evet...efendim. Kesinlikle."

Geri çekildi, sonra itti ve Erika'nın nefesi kesildi.

"Onu öpmek istiyor musun?" O sordu.

"...ah... evet efendim."

"Öyleyse yap. Daha önce bir kızı öpmedi bile. Onun ilki sen olacaksın."

Bir horoz kıç deliğini baştan çıkarmaya başlarken Erika eğildi ve ölçülü karısını öptü. Resmi olarak Erika'nın ilk üçlüsüydü. O noktada, Richard'ın sert aletinin kıçını uyardığını ve Kelly'nin ağzının yumuşaklığıyla dudaklarının uyarıldığını hissetti.

Lanet devam etti ve Erika, pisliğinin horozun ona vurmaya alıştığını hissetti. Yıllarca süren anal deneyiminde, daha önce hiç bu kadar sert yapılmamıştı. Nazik anal sekse alışıktı. Ama bu gece nazik seks gecesi değildi. Bu gece, o bir köleydi. Ve sahibi kıçını sertçe becermek isteyen bir köleydi.

Lanet ısrar ederken Erika, Kelly'yi ağzından öpmeye devam etti. Özensiz, ıslak bir dil öpücüğüne dönüştü. Erika bu duyguyu seviyordu. Ve özellikle Kelly'nin daha önce bir kadını hiç öpmemiş olmasına bayılıyordu. Kelly'nin lezbiyen bekaretini almakta erotik bir heyecan vardı.

"Sert seksten hoşlanır mısın?" sahibi sordu.

Konuşmak için mücadele etti. "Evet efendim."

"Çok fazla gelirse bana haber ver. Seni asla incitmek istemiyorum canım. Ama gerçekten boşalmanı istiyorum. Karımın yaptığı gibi boşalmanı istiyorum."

Richard tasmayı yakalayıp hafifçe Erika'nın tasmasını tıkayan hafifçe çektiğinde anal sikişme daha da zorlaştı ve yoğunlaştı. Sonuç olarak, nefes alması daha da kısıtlandı ve boynunun etrafında bir sıkışma hissetti.

Anal sikişme zorlaştıkça Erika bağlı karısını öpmeyi bıraktı. Giderek zorlaştı ve yatak sallanmaya başladı. Erika, kıçına yumruk atılırken içinde bir baskı oluştuğunu hissetti.

"Aman Tanrım," diye inledi Erika, boynu sıkışırken. "Kıçım... kıçım..."

O sırada Erika'nın poposu o kadar sert dövülüyordu ki küçük armut biçimli göğüsleri ileri geri sallanmaya başladı. Gözlerinde yaşlar birikiyordu ve küçük sızlanma sesleri çıkarmaya devam etti.

Tasma gittikçe daha fazla çekiliyordu ve yaka sıkılarak Erika'nın soluması için daha az hava veriyordu.

Daha da kötüsü, Richard bir eliyle tasmayı çekmeye devam ederken diğer eliyle aşağıya uzanıp Erika'nın hassas göğüs ucunu okşadı. Sıktı ve büktü. Piç. Onun zayıflığını biliyordu. Onun hassas noktasını biliyordu ve bunu seks sırasında kullandı. Pembe meme ucu ıstırap içindeydi. Ama aynı zamanda onun için büyük bir zevk kaynağıydı.

Ağzından kısa homurdanmalar çıkıyordu. Gözleri kapandı. Kıçına vurmaya, nefes alma kısıtlamalarına ve göğüs ucu işkencesine katlandığı için vücudu kaskatıydı. Ve elleri çarşafı sıkıca kavradı. Kölenin içinde yoğun bir anal seks ve cinsel uyarılma hissi artıyordu ve Richard bunu kolayca hissetti.

"Cum, kölem," diye homurdandı Richard. "Karım gibi fışkırt."

Meme ucunu bıraktı ve bunun yerine uzandı ve Erika'nın ağrıyan klitorisiyle ustaca oynadı, bu sırada dik penisiyle onun kıç deliğine tecavüz etti. Erika, sahibinin bu pozisyonda çok bilgili olduğunu biliyordu ve bunu karısı Kelly ile pek çok kez yapmış olmalı. Ne kadar şanslı bir kadın, diye düşündü Erika.

Tasma daha sert çekildi ve yaka Erika'nın boynuna daha sıkı dolanarak çığlık atmasını engelledi.

Erika orgazma ulaşırken ağzından çığlıklar yerine kısa nefesler çıktı. Kıçı acımasızca dövülürken sırtı yukarı doğru kıvrıldı ve klitorisi öfkeyle ovuldu.

"Kıçım," diye yumuşakça inledi, sıkı küçük kıç deliği sert bir şekilde geriliyor. "Kıçım."

Boşalma sırası ona gelmişti. Ve fışkırtma sırası da ondaydı. Erika'nın amından Kelly'nin vücuduna birkaç sıvı fışkırdı. Kelly kadar boşalmadı. Erika gerçekten doğuştan fışkıran biri değildi. Ama bir açıklama yapacak kadar fışkırttı.

Ve bu ifade, seks inanılmazdı ve o evli çift için köle olmayı sevdiğiydi.

Tasma üzerindeki tutuş yavaş yavaş serbest kalıyordu ve yaka daha az kısıtlayıcı geliyordu. Erika havanın rahat bir şekilde ciğerlerine, boynuna ve boğazına geri geldiğini hissetti. Erika, hissettiği yoğun orgazm ile yakanın gevşetilmesi arasında, Richard'ın kıç deliğine boşaldığını zar zor fark etti.

"Bitirdim," dedi Richard, tasmayı tamamen bırakarak. "Artık temizlenme vaktin geldi."

Erika onun sesindeki kinayeyi tanıdı. Bir an sessiz kaldı ve derin bir nefes aldı. Sahibiyle tekrar konuşmadan önce sakinliğini geri kazanmak istedi.

Hepsi gerçek bir köle olmanın bir parçasıydı.

"Bunu nasıl yapmamı istersiniz, efendim?" iyi bestelenmiş düzgün bir sesle sordu.

"Kıçını karımın yüzüne bastır. O seni temizler."

Erika şok olmuştu. Ama aşağı baktığında, Kelly'nin yüzünde istekli bir ifade gördü ve Kelly, Erika'ya sorun olmadığını bildirmek için hafifçe başını salladı.

Horoz Erika'nın kıçından çekildikten sonra yukarı doğru sürünerek dik oturdu, kıçını Kelly'nin ağzının hemen üzerine yerleştirdi ve kendini indirdi. Erika derinlerde bir yerde o pozisyonda olduğu için kötü hissediyordu ama bu onun kararı değildi. Sahibinin istediği buydu. Ve itaatkârın aniden kıçını yalama hissine bakılırsa, Kelly de bunu istiyordu.

Erika kıçının bağlı karısı tarafından yalanıp temizlendiğini hissettiğinde gözlerini kapattı ve anın tadını çıkardı. Açık ara hayatının en çılgın gecesiydi. Hiçbir şey yaklaşmamıştı.

Birçok yönden müzayedeye çıkarılmak, onun başına gelen en iyi şeydi. Bu ona bir güven duygusu verdi. Her şeyi yapabileceği duygusu. Kendini hiç bu kadar rahat hissetmemişti.

En iyi haliyle cinsel özgürlüktü.

Kelly'nin dili meni emmek için anüs içinde biraz daha derine gitti ve Erika tatmin olmuş bir köle gibi hissetti. Bunu bir daha yapıp yapamayacağını merak etti ve kiminle?

sonsöz:

Bir yıl geçmişti ve Richard, Kelly'ye özel bir söz vermişti.

İşten eve erken gelmişti. Bu arada, Kelly ofiste geçen uzun bir günün ardından yeni dönmüştü. Üzerinde hâlâ ofis kıyafetleri vardı.

Eve geldiğinde ayakkabılarını çıkarması ve çantasını yere koyması söylendi.

"En azından önce kıyafetlerimi değiştirebilir miyim?" diye sordu. "Muhtemelen ben de duş alabilirim."

"Bunu yapmana izin vermem sürprizi mahveder."

Kelly gülümsedi, "11. yıl dönümümüz için başka bir çılgın hediye mi?"

"Aynen öyle," dedi cebinden bir göz bağı çıkararak.

Ona şüpheyle baktı ama kabul etti. Gözlerini bağladı ve Richard onu merdivenlerden yukarı, koridordan yatak odalarına götürdü.

Hedefe vardıklarında, Richard hazır olup olmadığını sordu ve hazır olduğunu söyledi.

Göz bağı çıkarıldı.

Kelly'nin çenesi, evlilik yatağında bağlı çıplak bir kadın görünce neredeyse düşüyordu. Çıplak kadının el ve ayak bilekleri iple birbirine bağlandı. Kıçını dışa doğru işaret ederek diz çökmüş pozisyondaydı.

Yine de herhangi bir çıplak kadın değildi. Tanıdık görünen biriydi. Kelly'nin çıplak poposuna bakarak tanıyabildiği biri.

"Bu... Erika mı?" diye sordu.

"Neden bir tadına bakıp öğrenmiyorsun?"

"Sen..."

"Onu bu gece için aldım. Ya da istersen daha uzun. İhtiyacımız olduğunda kölemiz olabilir. Fazlasıyla istekli."

Kelly hafif bir gülümsemeyle, "Çok fazlasın," dedi ve inanamayarak hafifçe başını salladı.

"Hadi tatlım tadına bak."

Kelly kocasına belirsiz bir bakış attı, sonra bağlı köleye yaklaştı, dizlerinin üzerine çöktü ve iki eliyle kölenin poposunu daha da açtı. Kelly, Erika'nın göt deliğine ve amına oral seks yapmaya başladı.

Sözlü çalışmasına devam ederken, Richard'ın bir çekmeceyi açtığını duydu . Bunu görmezden gelmeye ve köleyi sözlü olarak memnun etmeye odaklanmaya çalıştı. Ama Richard yatağın üzerine, kölenin hemen yanına küçük bir kutu koyduğunda bunu görmezden gelemezdi.

Kelly gözünün ucuyla küçük kutunun içinde ne olduğunu gördü. Bu yeni satın alınan askılı bir kitti ve Kelly yine uzun bir gece olacağını biliyordu.

MÜSLÜMAN EŞ

Malikaneyle ilgili benzersiz şeylerden biri, odaların hiçbirinin kapısı olmamasıydı. Böylece herkes herhangi bir anda her şeyi görebilirdi.

Bu asla Samira'nın bir parçası olmayı tasavvur ettiği bir şey değildi. İyi bir Müslüman kadındı. Burada olmasının tek nedeni, yıllar önce babasının Fas'taki gemicilik şirketini miras alması ve akıllı ve anlayışlı iş kararları sayesinde kendine küçük bir servet yaratmayı başarmış olmasıydı.

Bu başarı, Amerika'da abartılı bir şekilde yaşamasına izin verdi. Sadece varlıklı bir iş kadını olmakla kalmamış , aynı zamanda hayırseverlik dünyasında da bir isim yapmış, hem büyük ünlüler hem de politikacılarla omuz omuza olmuştur.

Şimdi burada, elitist konukların birçoğunun gayri resmi olarak adlandırdığı şekliyle 'Bağlama Malikanesi'nin giriş katındaydı. İngiliz vatandaşı ve zengin bir teknoloji yatırımcısı olan ve tüm doğru bağlantıları olan (bunun gibi bir yer dahil) kocası Michael sayesinde buradaydı.

Aylar önce evlendiklerinde 35 yaşında bir bakireydi ve onun onu bunun gibi hazcı bir etkinliğe katılmaya ikna ettiğine hâlâ inanamıyordu. Michael ona bunun gecikmiş bir düğün hediyesi olduğunu söylemişti. En yakın arkadaşından bir hediye, diye ekledi.

Tüm davetliler bu olay için kusursuz bir şekilde giyinmişlerdi. Samira'nın kıyafeti ise şık beyaz bir elbise, topuklu ayakkabılar ve süslü mücevherler içeriyordu. Tatlı, dalgalı siyah saçları ortadan ayrılmış ve serbestçe dalgalanmıştı; tam da kocasının tercih ettiği şekilde. Sık sık söylediği gibi, onu son derece çekici gösteriyordu.

Onu tanıyan kimsenin olmamasını umarak etrafına bakındı. Kimse yapmadı. Hepsi beyaz olan çoğu orta yaşlı çiftlerden oluşan konuklar, müzayedeye çıkan farklı ödüllere odaklanmakla çok meşguldü.

Konuklar istedikleri platformlar için teklif verirken, ince giyinmiş kadınlar çeşitli platformlarda durdu. Kadınların hepsi çekiciydi. Genç yetişkinler. Farklı etnik kökenler ve geçmişler. Ve genç uysalların her birinin, büyüleyici yüzlerinde hoş ve baştan çıkarıcı gülümsemelerle orada bulunmaktan keyif aldıklarını görmek Samira'yı memnun etti.

"Eğlenmek?" Michael baştan çıkarıcı bir şekilde kulağına fısıldadı. "Buradayken daha rahat görünmeye başlıyorsun."

Samira kocasını daha sıkı tuttu. "Bunu söylemezdim. Hâlâ çok gerginim."

"Yakında daha fazla mahremiyetle kendi odamızda olacağız. Seni kim ilgilendiriyor?"

Seçeneklerini daha yakından değerlendirdi. Gerçek şuydu ki, boyun eğenlerden herhangi biriyle mutlu olurdu. Yeni evli bir kadın olarak, kocasıyla sevişmek, onu yine de doyumsuz bırakan harikulade bir zevkti. Michael yatakta iyiydi ve tüm duyusal zevkleri karşılanmıştı.

Ancak başka bir kadınla keşfetme fikri, onun cinselliğinin sınırlarını daha da zorlamak için eşsiz bir fırsattı. Bunun evliliğinin sınırları içinde olması gerçeğiyle, katı dini inançlarıyla uzlaştırdı.

Göz gezdirirken biri gözüne çarptı.

tenli minyon , dar siyah bir elbise içinde masum görünümlü bir esmer; kusursuz görünen cilt. Yüzü yuvarlaktı ve boyu küçüktü. Denizaltı, boynuna bir tasma ve tasmayla tutturulmuştu ve kabarık kırmızı bir yastıkla yastıklanmış dizlerinin üzerindeydi. 20'li yaşların ortasından büyük olamazdı ve kahverengi saçları düzgün bir topuz yapmıştı.

"O?" diye sordu Michael, karısının ona baktığını fark ederek.

Samira, "Bence çok sevimli. Burada olduğuna bile inanamıyorum. Böyle bir kız mı?"

"Fantezilerin sınırı yoktur sevgilim. Eminim ilginç bir hikayesi vardır. Daha yakından inceleyelim mi?"

Bu minyon genç kadının yanına gittiler. Malikanedeki diğer misafirler de göz atıyorlardı. Gösterilen bilgilerle birlikte boyun eğen kişinin yüzünü, vücudunu incelediler.

İsim: Erika

Yaş: 24

Boy/Kilo: 5'2 110 pound

Meslek: Üniversite Öğrencisi (Ekonomi)

Tercih: Gönderme

Oryantasyon: Her şeye açık

Beceriler: Her şey ve her şey. çiftler Ağız temizliği.

Delikler: 3'ü de mevcut

Deneyim: 3. olay

Alıntı: "Merhaba, benim adım Erika ve senin Oyuncağın olmak istiyorum. Oldukça yeni olmama rağmen hala çok meraklıyım ve birçok şeye açığım. İyi ya da kötü bir kız olabilirim. . Seçiminiz benim için zevktir."

Başlangıç Fiyatı: 500$

onunla ne yapmak istediklerine dair kötü düşüncelere kapılırken 'Erika' denizaltısı sabırlı kaldı . Yüzünü okumak imkansızdı.

"Teklif vereyim mi?" Michael karısına sordu. "Yoksa göz atmaya devam mı edelim? Daha çok hoşlandığın başka biri olabilir."

Samira kararlıydı. "Hayır. Bu. Ondan hoşlanıyorum. Çok tatlı görünüyor. Özel hayatında nasıl biri olduğunu merak etmeme neden oluyor."

"Elbette sevgilim. Bu senin deneyimin takdire şayan."

özel denizaltı için bir teklif verdi ve Samira kocasının iş yapmasını izledi.

Teklifler verilip zamanı gelince müzayede başladı. Toplamda en az 20 itaatkar vardı. Her biri açık arttırmayla satılıyordu. O gün için bir denizaltı satın alamayan konuklara gelince, görünüşe göre birbirleriyle veya günün eğlencesini kolaylaştırmaya yardımcı olacak görevlilerle meşgul olacaklardı.

Kocası teklif verirken Samira'nın kalp atışları yükseldi. Başka birinin Erika'ya sahip olmasını istemiyordu. Dürüst olmak gerekirse, Erika'yı kendisine ve Michael'a üçlü olarak istiyordu. O kadar sevimli bir kızdı ki, neredeyse anneci bir şekilde güvende olmak ve onu beslemek istiyordu.

Ya ihaleyi gerçekten kazanırlarsa ? Bu onun ilk lezbiyen deneyimi mi olacaktı ? Panik ve utanç hissetti. Eğer kendi ülkesinde biri bilseydi...

Sonra duydu: Satıldı!

Michael ihaleyi kazanmıştı. Uysal Erika ayağa kalktı ve tasma kocasına verildi.

İtaatkar aşağı indiğinde Samira ve Erika karşı karşıya geldi. İtaatkar gülümsedi. Samira'nın tek düşünebildiği, bu genç kadının ne kadar güzel olduğu ve cildinin ne kadar kusursuz göründüğüydü; neredeyse parlıyordu. Ve o dudaklar! Erika, akla gelebilecek en tatlı ve doğal olarak somurtkan dudaklara sahipti. Bir öpücük ya da başka bir şey sırasında nasıl hissediyor olmalılar... Samira merak etti.

Michael, garipliğin kırılmasına yardım etti ve hepsi tanıştırdı. Birbirlerine hoş sözler söylediler ve Samira bu genç kadını başka bir şey için değil de cinsel zevk için kullanacakları için bir suçluluk hissetti.

Hep birlikte merdivenlerden yukarı çıktılar. Michael ortadaydı ve iki kadın kollarını ona doladı. Bu zamana kadar, parti gelişmişti. Sosyal seçkinler için hala yüksek sınıf bir olaydı. Ama göğüsler açığa çıktı. Vücut parçaları gösterdi.

Tüm yatak odalarının olduğu üst kata vardıklarında, inleme seslerini ve Tanrı bilir daha neler olduğunu duyabiliyorlardı. Samira odalardan birine göz attı ve karısı izlerken Asyalı bir itaatkârın dizlerinin üzerinde bir erkeği sözlü olarak memnun ettiğini gördü. Yan odada, itaatkâr bir Latin, bir çift için soyunuyor, onların izleme zevki için heykelsi vücudunu ve koyu renk meme uçlarını gururla modelliyordu. Yine başka bir odada, bir itaatkarın gözleri bağlıydı ve yatağa açık bir şekilde bağlanmıştı.

Samira'nın Erika'yı bu şekilde kullanma suçu bir kez daha onu tüketiyordu.

Odalarına ulaştılar. Süslüydü ve duvarda Japon resimleri vardı. Ayrıca, çıplak görevliler yiyecek ve içecek servisi yaparken pek çok insanın dışarıda sosyalleştiği avluya bakan büyük bir pencere de vardı.

Samira, herhangi birinin yukarı bakıp onları görebileceği fikrinden dehşete kapılmıştı. Ama bunlar buranın kurallarıydı.

Nezaket olarak, Michael Erika'nın tasmasını çıkardı ve onun daha sağlıklı görünmesini sağladı.

Samira, "Bunu yapmak zorunda değilsin, Erika," demek istedi. Eğer bu seni daha rahat ettirecekse bizi izleyebilirsin.'

Bu sözler Samira'nın ağzından kaçamadan Erika inisiyatifi ele almıştı.

Önlerinde durup elbisesinin fermuarını açıp yere düşürürken Erika'nın yüzünde kayıtsız bir ifade vardı . Teni solgundu ve ince kıvrımları vardı. Çorap ve jartiyer ile birlikte uyumlu bir çift beyaz sütyen ve külot giymişti. Kenarları saten olan ince dantel sütyen ona kup ölçüsünden küçük geliyordu ki bu kasıtlı görünüyordu ve sonuç olarak üstte pembe renkli göğüs uçları görünüyordu.

O anda Samira kendi kararının yanlış olduğunu anladı. Bu bir hata değildi. Bu genç itaatkar, ne yaptığını çok iyi biliyordu, meme uçları kısmen açıkta dururken iç çamaşırlarının doğru göründüğünden emin olmak için kendine bakıyordu. Sütyenini ve külotunu düzeltti ve meme uçlarının görünmesi gerçeğinden fazlasıyla memnundu.

"Ben hazırım," dedi Erika, alaycı bir gülümsemeyle ve elleri belinde.

"Tam bir ekonomi öğrencisisin," diye belirtti Michael, neredeyse orada olmayan iç çamaşırı kıyafetine hayran kalarak.

Erika başını salladı. "Aslında bu benim son yılım. İki yaz üst üste staj yaptım ve gelecek yıl finansal analist olarak bir işe girmeyi umuyorum."

"Zeka ve güzellik. Tıpkı karım gibi. Büyük bir nakliye şirketi işletiyor."

"Ah?" Erika'nın kaşı kalktı ve Samira'nın şehvetli vücuduna baktı.

"Görünüşe göre burada hepimiz profesyoneliz," diye belirtti Samira. "Kocam ve ben burada yeniyiz. Yakın zamanda evlendik. İnanabiliyor musun, daha önce hiç böyle bir şey yapmamıştık."

Erika başını salladı. " Ah kesinlikle inanıyorum. Burası meraklı çiftler arasında popüler."

"Fark ettim. Burası... eşsiz."

"Bu iyi bir şey. Dom /sub olayı benzersiz ve doğru olması zor. Ama burası bunun için var. Rehberiniz olmak için."

Samira hafifçe gerildi. "Eminim çok yetenekli bir rehbersindir."

"Mükemmel olmak için eğitildim. Yani evet, pek çok şeyde çok yetenekliyim. Ve zevk vermeyi seviyorum."

"Sen de tatlı görünüyorsun."

"Beni seçen sen miydin?" Erika yuvarlak yüzünde sevimli bir ifadeyle sordu.

"Yaptım," diye onayladı Samira. "Bence tatlısın. Belki sana seksi bile derim. Daha önce hiç bir kadınla birlikte olmadım ama kocam yeni bir şeyler keşfetmemi istiyor."

"Bu mükemmel. Çiftleri seviyorum. Birkaç kişiyle birlikte oldum ve bunda çok iyi olduğum söylendi."

Samira, kızın yaşadıkları üzerine derin bir nefes aldı. "Görünüşen..."

"Masum?" diye şakacı bir şekilde sordu Erika, Samira'nın cümlesini tamamlayarak.

"Evet. Gerçekten bir meleğe benziyorsun."

"Samira, melekler bile zevk alıyor."

"Hangisinden bahsetmişken," Michael araya girdi. "Bir ricam var. Erika, seni kendi zevkimiz için satın aldık. Ama bu çok sıkıcı. özellikle karım. karımın bunu hatırlamasını istiyorum. bunu yapabilir misin erika?"

Samira bu duyuru karşısında nefesini tuttu ve Erika şeytani bir sırıtışla tam tersi bir tepki verdi.

"İkiniz de şanslısınız," diye yanıtladı Erika hafif bir neşeyle. "Çünkü bu iş için doğru kızı satın aldın. Her zaman sofistike insanlara yaramazlık yapmanın yollarını düşünüyorum. Eminim bir şeyler bulabiliriz."

"Aklında bir şey var mı?" O sordu.

Erika, Samira'ya döndü ve düşündü. "Hmm... bir bakalım. Ne kadar klas ve zarif bir kadın. Burada olmaktan çekindiğinizi söyleyebilirim. Ama bunu düzeltebilirim."

Bu genç uysal ona bakıp birazdan ne yapacaklarına dair her türden sapkın düşünceleri düşünmeye devam ederken, Samira'nın tek yapabildiği, olduğu yerde durup beklemekti.

"Biliyorum," dedi sonunda Erika, gözleri parlayarak. "Ben tasmayı tutarken senin de tasmamı takmanı istiyorum. Pencerenin yanında."

Dönüş o kadar ani oldu ki Samira nasıl hissedeceğini bilemedi. Bu bir şoktu. Başlangıçta kabul ettiği şey bu değildi. Ve kesinlikle buraya gelişinin nedeni oyuncak olarak kullanılması değildi.

Manevi destek için kocasına baktı ve hiç yoktu. Michael bu fikre tamamen katılıyor gibi görünüyordu ve Samira sayıca üstündü.

"Beni küçük düşürmek mi istiyorsun?" diye sordu Samira, sesindeki rahatsızlığı gizleyerek.

"Hayır. Sadece sikini yalamanı izlemek istiyorum."

Samira itibarını korumak için elinden geleni yaptı. "Ve neden böyle?"

Erika, gözlerinde belli belirsiz bir parıltıyla, "Bu, dünyadaki en sevdiğim şey," diye yanıtladı. " Ayrıca güzel bir yüzün var. Egzotik görünüyor. Teninin koyu rengine bayılıyorum. Uysal bir şekilde sakso çekerken nasıl görüneceğini görmek için can atıyorum."

"Ama dışarıdaki insanlar beni görebilir."

"Daha da iyi," diye onayladı Erika. "Görüleceğine şüphe yok. Bu her şeyi daha eğlenceli hale getirecek, güven bana."

Samira afallamış halde dururken, Michael tasmayı kaldırdı.

"Yapalım mı?" O sordu.

"Bir daha düşündüm de..." diye ekledi Erika, fikrini değiştirerek. "Daha iyi bir fikrim var. Onun yerine bunu kullan."

İtaatkar kız geri uzandı ve dantel sutyenini açtı, minik canlı göğüslerini ve pembe renkli meme uçlarını bütünüyle ortaya çıkardı. Sütyenin bir ucunu sıkıştırdı ve döndürdü. Sevimli yüzünde bir memnuniyet ifadesi vardı.

"Düşünme şeklini beğendim," Michael gülümsedi.

"Biraz yaratıcılık uzun bir yol kat eder. Onurları ben üstlenebilir miyim?"

Kocası başını salladı. "Yapabilirsin."

sutyenle yaklaşırken Samira kıpırdamadan durdu . Samira'nın tatlı, siyah saçları geriye taranmıştı ve Erika'nın dantel sutyeni boynuna dolamasına izin vererek, pürüzsüz kumaştan doğaçlama bir yaka ve kayış oluşturdu.

"Pencereye," dedi Erika, Samira'nın kulağına.

Karısı toparlanırken Erika nazik ama sağlam bir şekilde çekiştirdi. Samira nasıl hissedeceğini bilmiyordu. Kontrol kaybedildi. Ve melek yüzlü genç bir kadına, daha az değil. Samira pencerenin önünde durduğunda, dışarıda sosyalleşen misafirleri ve içecek servisi yapan çıplak görevlileri gördü.

"Dizlerinin üzerine çök," dedi Erika, sonra kocasına dönerek. "Horoz lütfen."

Samira dizlerinin üzerine çöktü ve duyuları arttı. Dışarıda olup biten her şeyin, koridordaki tüm zevk iniltilerinin ve dizlerinin üzerindeki halı hissinin yanı sıra son derece farkındaydı.

Daha da önemlisi, kocasının ayakkabılarını çıkardığını ve pantolonunu düzgünce ve centilmence çözdüğünü duydu (bu, her zaman seksi bulduğu bir özellikti). Samira, yaşına rağmen sik yalama dünyasında hâlâ yeniydi. Bundan zevk aldığını fark etti. Tüm bakirlik yıllarında beklediği kadar aşağılayıcı değildi. Garip bir şekilde, sevdiği adamın orgazmını kontrol altına aldığı için birçok yönden güçlendiğini bile hissetti.

Ama burada yapmak için? Bu kadar çok potansiyel tanığın önünde mi? Erika'nın rehberliğinde mi?

Bu düşünce onu korkuttu. Külot giymiyordu ama giyseydi sırılsıklam olurlardı.

Pencerenin yanında diz çöktüğünde, dipsiz kocası önünde duruyordu. Penisi emmeye hazırdı. İlk kez, Samira'nın kocası her şeyden çok bir destekmiş gibi geldi. Onun kullanması için bir horoz. Ya da tek amacı ağzını sikmek olan bir horoz.

Aksiyon başlamadan önce Erika, Samira'nın duruşunu düzeltmek için sütyenini/tasmasını çekti , ardından elbisenin üst kısmını aşağı doğru iterek Samira'nın göğüslerini ortaya çıkarmak için uzandı.

Erika karısının çıplak göğsünün üzerinden bakarak, "Güzel koyu renkli meme uçların var," dedi. "Zaten gerginler. Heyecanlı olmalısın. Bronzluk çizgileri de yok. Doğal ten rengin ışıl ışıl. Aşırı güzelsin Samira. Daha önce hiç Orta Doğulu bir kadınla oynamadım. Bu hep bir hayaldi gerçi. ."

Samira boğazına sarılı ince sütyenle cevap verme zahmetine girmedi. Yapabilseydi, sadece 'teşekkür ederim' derdi.

Erika uzanıp her bir memeyi ovuştururken ve koyu renk meme uçlarının her birini sıkıştırırken, bir oyuncak gibi kullanılırken Samira'nın omurgasına bir ürperti yolladı.

Erika ters ters, "Şimdi emmeye başla," dedi. "Bu kadar sert bir horoz asla bekletilmemeli."

Michael ilk hamleyi yaptı ve ereksiyonu Samira'nın yüzünden sadece birkaç santim uzakta olacak şekilde öne çıktı. Normalde kocasıyla göz teması kurmayı severdi. Aralarında her zaman bir yakınlık duygusu yaratmıştır.

Bu sefer kimseye bakmaya cesaret edemiyordu. Gözlerini kapalı tuttu, öne doğru eğildi ve kocasının ereksiyonunu tam da onun istediği gibi emdi. Dudakları sımsıkı kıvrılmıştı ve dantel sutyen boynuna dolanmış olmasına rağmen başını ileri geri sallamak için elinden geleni yaptı.

Horozun ağzında sertleştiğini hissedebiliyordu. Bu, tüm doğru şeyleri yaptığı ve kocasının bu deneyimi sevdiği anlamına geliyordu. Ayrıca Erika'nın onu izlerken daha hızlı nefes almasının erotik sesini de duyabiliyordu .

Bu denizaltı için nasıl bir gösteri olmalı. Ve dışarıdaki misafirler için ne bir gösteri. Tanrım, izleyen var mıydı? Ya da koridordaki başka biri?

"Onu sonuna kadar götür," dedi Erika otoriter bir tavırla. "Senin derin boğazını görmek istiyorum. Benim naçizane görüşüme göre, iyi bir oral seks, bir veya iki şaka olmadan tamamlanmış sayılmaz."

Derin boğaz. Şimdi Samira'nın kaçınmaya özen gösterdiği bir şey var. O eylemi pornografide görmüş ve her zaman değersiz ve sınıfsız bulmuştu. Onurlu bir kadın olarak, ne pahasına olursa olsun bundan kaçındı ve kocasının hiç bu kadar kirli bir şey istememiş olmasını takdir etti .

Bu durumda, boğazına eğreti bir tasma geçirerek, emre uymak zorunda hissetti kendini. Gözyaşları akmasın diye gözlerini sımsıkı kapattı. Ve küçük düşürücü öksürme sesleri çıkarmamasını umdu.

Başı yavaşça öne doğru eğildi, kocasının aletinden daha fazlasını ağzına ve boğazına götürdü. Horozun dilinin üzerinde sarsıldığını ve boğazının tepesine çarptığını hissetti. Kocası onu sevdi. Ne ihanet. Boğazının girişine ulaşana kadar onu daha da derine götürdü. Garip bir şekilde, sonuna kadar katlandığı için kendisiyle gurur duydu. Yeni bir cinsel başarı.

Kaçınılmaz olan gerçekleştiğinde gururu çöktü; ağzı tıkandı. Özensiz ve kötüydü . Gözleri sulandı ve pahalı beyaz elbisesinin her yerine tükürük damladı. İğrenç bir ses çıkardı ve bundan utandı.

"Yeter," dedi Erika merhametle. "Şimdi senin becerildiğini görmek istiyorum. Ayağa kalk ve yüzünü pencereye yasla. Endişelenme, cam bir kadının vücut ağırlığını kaldıracak şekilde yapılmıştır."

Erika sütyen/tasmayı hafifçe çekerek Samira'ya ayağa kalkıp yüzünü pencereye çevirmesini işaret etti. Samira itaat etti ve birkaç misafirin dışarıda şampanya yudumlarken oral seks eylemini gerçekten izlediğini gördü. Sütyen/tasma, boynundan çıkarıldı ve Erika tarafından yere fırlatıldı.

Samira, kocası popo yanaklarını ve iç uyluklarını birbirinden ayırdığında bacaklarını açtı. Yüzünü özel olarak yerleştirilmiş cama bastırdı , vücut ağırlığını cama verdi ve kocasının amına arkadan erişmek için kıçını daha da genişlettiğini hissetti. Bu pozisyona aşinaydı ve poposunu kaldırmak için sırtını büktü.

"Bana bak," dedi Erika baştan çıkarıcı bir nezaketle. "Sana nüfuz edilirken gözlerini ve yüzünü görmek istiyorum. Bu güçlü bir ifade."

Samira'nın yüzü şimdiden Erika'ya dönüktü. Gözleri kilitlendi. Samira'nın amcığı sert bir horoz tarafından gerilirken ikisi de uzağa bakmadı. Ağzından bir inilti çıktı ve gözleri büyüdü.

Kocası onu arkadan becermek için işe gitti. Vücudu sallandı ve göğüsleri sallandı, karanlık meme uçları her zamanki kadar sertti. Bu bariz teşhirci gösterisini kesinlikle malikanenin daha fazla misafiri izliyordu . Ama Samira bakmaya cesaret edemedi. Sahneyi kontrol eden bu değerli itaatkârla göz temasını sürdürmek çok daha cazipti.

Erika, Samira'nın amını parmaklamak için uzandı. "Siktir, çok ıslanmışsın."

"Biliyorum," diye inledi Samira, kedisi dövülürken ve vücudu ileri geri sallanırken.

Samira'nın bedeni Erika tarafından da okşanırken, bu duyusal bir aşırı yüklenmeydi; küçük beyaz bir el amını ovuşturuyor, sonra göğüslerini sıkmak için uzanıyor. Samira her dokunulduğunda ve sıkıldığında inledi. O yumuşak eller ona kendini çok iyi hissettiriyordu. Ve amının tecavüze uğraması daha da iyi hissettirdi.

Erika parmaklarını Samira'nın amına yoğunlaştırınca inlemeler daha da yükseldi . Bu, Samira'nın gözlerinin irileşmesine ve nefes almasının daha da zorlaşmasına neden oldu.

"Tatlı noktanı buldum," dedi Erika heyecanlı bir sesle. "Bir horoz amını beceriyor ve parmaklarım senin amınla oynuyor, tüm bunlar olurken insanlar dışarıdan izliyor. Belki de göründüğün kadar düzgün değilsindir? Belki, derinlerde, sen de diğerleri gibi yaramaz bir sikiş oyuncağısın." Bunu duymak hoşuna gitti mi Samira? Bu kadar pis bir kadın olduğunu keşfetmek hoşuna gidiyor mu?"

Denizaltının sesi alçalmıştı ve şehvetle doluydu.

diye fısıldadı. "Evet..."

"Şimdi boşal. Onu görmek istiyorum."

mi hissettiriyor? Samira, kocasının önünü bastırdığını ve Erika'nın klitorisini hızlı, dairesel bir hareketle ovuşturduğunu merak etti. Gözlerini kapattı ve tadını çıkardı. Toplum lanet olsun. Bu öforiydi.

Sıvılar bacaklarından aşağı akarken Samira duyulamayacak bir şeyler mırıldandı. Boşalması ayrıca kocasının sikine ve Erika'nın yoğun orgazm sırasında amansız kalan meşgul parmaklarına da bulaşıyordu. Çenesini sıktı ve boşalırken vücudunun alt kısmı kasıldı.

"Ben de boşalacağım," diye inledi Michael.

Erika, "Amcığını ıslat," diye talimat verdi. "Temizliği ben hallederim."

Samira, kocasının kalçalarını sıkıca sıktığını ve ona daha sert vurduğunu hissetti. Bu, yaklaşan bir orgazm için onun sinyaliydi. Poposuna güçlü bir şekilde bastırırken, ritmik tokat sesleri odayı doldurdu. Onu kedi mutluluk hissetti.

Kocası inledi ve içine girdi. Samira'nın her zaman beslediği bir sansasyondu, deliğini dolduran cum hissi. Michael son kez inlerken, Erika parmaklarını çekti ve dizlerinin üzerine çöktü.

"Kahretsin evet," diye kıkırdadı Erika, Michael'ın taşaklarını okşayarak. "Şimdi izin verirsen, hemen temizlemeyi tercih ederim... her şey henüz sıcak ve tazeyken."

Samira kıpırdamadı. Kocasının aletinin içinden "patladığını" hissetti. Ağzı açık, cum sırılsıklam deliğinin boşluğu Erika'nın diliyle değiştirildi. Hayatının sürprizi. İlk gerçek lezbiyen deneyimi.

Gözlerini kapattı ve yetenekli dil yaladı, araştırdı ve cum dolu kedisini höpürdeterek inledi. Her şey yutuldu ve yutuldu. Erika'nın güzel ağzının meyve sularını yutması ile birlikte, dişil dilinin daha derine doğru itilmesinin verdiği hissin tadına vardı.

Ağız geri çekildiğinde, Samira başını çevirdi ve Erika'nın kocasının aletini emdiğini gördü. Bir hışırtıydı. Bu üzerinde anlaşmaya varılmamıştı ve içinde bir kıskançlık sancısı hissetti. Ama ona hayran olması gerekiyordu.

Erika'nın tatlı dudakları, dölle sırılsıklam olmuş horozun etrafına sıkıca sarıldı ve kafası, herhangi bir öğürme refleksi göstermeden derinlere inerek hızla sallandı. Güzeldi. Zarif. Erika'nın dudakları ara sıra Michael'ın başının etrafında dönüyordu, sonra tekrar güçlü bir şekilde emmek için dudaklarını şaftın etrafına dolamaya başladı. Gerçek saksoculuğun böyle görünmesi gerekiyordu.

Erika'nın ağzı ileri geri gitti, Michael'ın aletini emdi ve Samira'nın amını yaladı.

"Nasıl hissediyorsun?" Michael karısına sordu.

Samira, deliğinin içindeki dilin verdiği hissin tadını çıkardı. Kolları pencereye yaslanmış, eğilmiş halde kaldı. Daha fazla misafir gelişigüzel bir şekilde bu sapkın karşılaşmayı izliyordu ve kim bilir başka kimler koridora göz atmıştı. Artık umursamıyordu. Aslında, inanılmaz bir dönüş oldu.

Samira'nın tek söyleyebildiği, "Yeni bir kadın gibi," oldu.

Amcığı temizlendiğinde, Samira kocasına dönüp Erika'ya teşekkür etti. Bu kutsal olmayan karşılaşmanın sona erdiğini varsaymıştı. Ama onlarla yüzleştiğinde, Erika'nın bir kez daha ayağa kalktığını gördü. Aralarında sadece birkaç santim vardı.

Samira, Erika'nın o tatlı, dolgun dudaklarını fark etmekten kendini alamadı. Öpüşmek ve emmek için yapılmış dudaklar. Ancak bu sefer Erika'nın dolgun dudakları taze kedi sularıyla parlıyordu ve sıcak cum ile kaplanmıştı.

Erika, bakışları birbirine kenetlenirken Samira'nın önünde durarak heyecanla dudaklarını yaladı. Bu kızın ne istediği belliydi. Neden inkar ediyorsun?

Öpüştüler. Samira dudaklarını Erika'nınkilere bastırdı ve ağızları açıldı. Dilleri boğuştu ve tutkulu bir değiş tokuşta birbirleriyle orgazm sıvılarını paylaştılar. Kolları birbirine dolanmış , göğüsleri ve sert göğüs uçları birbirine bastırılmıştı.

Taze meni ağızlarında takas edildi ve dillerinde yuvarlandı. Yavaş yavaş, Samira'nın içindeki suçluluk çoktan unutulmuş gibi göründü. Hiç kimse bilemezdi. Bu, esaret malikanesinde her zaman kalacak bir sırdı.

KULÜP BDSM

New York şehrinin en çekici ve etkileyici bölgesi olan Park Avenue'da güpegündüzdü. Büyük şehirde çoğu gün olduğu gibi, işçi sınıfı ofislerine gidip geliyor, zenginler kaliteli yemeklerin tadını çıkarıyor ve turistler fotoğraf çekerken mahallelerde geziniyor.

Kalabalık mahallenin normları dışında Erika, lüks bir apartmanın 38. katındaki çorak bir odada çıplak duruyordu. Mahremiyet için ince beyaz bir perdeyle kapatılmış bir pencerenin önüne yerleştirildi.

Elleri, tavandaki bir kancadan sarkan siyah bir ipe bağlı olarak başının üzerinde sıkıca birbirine bağlıydı.

Süslü siyah bir maske yüzünün üst kısmını saklıyor ama çıkık burnunu ve çenesini vurguluyordu. Kimliğini gizlerken yüzünün güzelliğinin ortaya çıkmasına izin verdi. Uzun siyah saçları sırtından aşağı serbestçe dökülüyordu ve dudakları yakut kırmızısı rujla vurgulanıyordu.

Sırtı boyunca uzanan dikişli siyah ipek çoraplar, biçimli bacaklarını kapatıyordu. İnanılmaz derecede uzun uzuvlarını daha da uzun gösteriyorlardı. Siyah topuklu ayakkabılar, dar elbisesini tamamlıyordu. Vücudu tüm çıplak görkemiyle tam teşhirdeydi.

Büyüleyici olduğunu kimse inkar edemezdi. Güç ve kadınlığın ender bir kombinasyonu, hem erkekleri hem de kadınları cezbetti. Doğru noktalarda ince ama kıvrımlı olsa da, vücudunun sert sikişmeler için yapılmış olduğu imajını yansıtıyordu . 28 yaşındayken Erika, başkaları tarafından cinsel olarak kullanılmaktan büyük keyif aldığını fark etmişti ve bugün tam da bunu bekliyordu.

Sakladığı ahlaksız sırrı en yakın arkadaşları bile bilmiyordu. Başkalarının zevki için kullanılmaya yönelik boyun eğici arzusunu ve arzusunu anlamak onlar için zor olabilir.

Sonunda, bu gizli cemaat yerinde profesyonellerin kontrolü ele almasına izin verdi. Belli bir sınıftan benzer düşünen insanların çok yaramaz arzularına kapıldıkları zarif bir ortamdı. Maskeler isteğe bağlıydı. Ama Erika için mutlak bir zorunluluktu; kendisine böylesine skandal bir şekilde davranılmasına izin verdiğini kimse bilemezdi. Tanrı aşkına, çok güçlü bir avukattı .

Kurallar basitti. Gizlilik kutsaldı. Temizlik pazarlık konusu değildi. Saygı gerekliydi. Bu özel bir olaydı ve herkes buna göre giyinmişti.

Erika bağlı ve maskeli bir şekilde orada dururken, kadın Müzayedecinin yanında pozisyon almasını izledi. Müzayedeci, kimliğini gizlemek için altın bir maske ile birlikte kasıtlı olarak açıklayıcı bir takım elbise, göğüs dekoltesi falan giymişti. Uzun boylu bir kadındı ve bu onu bu iş için mükemmel kılıyordu.

Garip bir şekilde, Erika bu tabu toplantılarına, inanılmaz bir şekilde Lea adında bir avukat olan Müzayedeci'nin isteği üzerine katılmıştı. Uzun bir duruşma sırasında avukatlara karşı çıkıyorlardı. Dava sona erdiğinde Lea, Erika'yı içki içmeye davet etti.

"Bir şey biliyorsun," demişti Erika'ya özel bir masada, ikisi de meşakkatli davanın ardından yere yığılmış, hırpalanmış ve bitkin düşmüşken. "Bizim gibi kadınlar ender bulunan bir türdür. Kıçımızı çalıştırırız. Zekiyiz. Sofistikeyiz. Adanmışız. Ve ikimiz de belirli bir şekilde becerilmeyi severiz. Seni ilk gördüğümde nasıl bir kadın olduğunu anlayabilirim." ."

Erika neredeyse içkisini tükürecekti. Gerçekten bir tür cinsel hava mı veriyordu? Bu kadın, Erika'nın sert şeyleri sevdiğini nasıl anlayabildi?

Erika'nın yetişkin yaşamının büyük bir bölümünde seks vanilya gibi geçmişti. Minimum standartta orgazm elde etmek için olağan öğütme gerekliydi. Bununla birlikte, son yıllarda, işleri renklendirmek için ortaklarından birkaç yaramaz istekte bulunmuştu. Sert lanet. Hafif boğulma. Biraz şaplak. Ama en önemlisi, kendisine romantik bir eş olarak değil de cinsel bir oyuncak gibi davranılmasını istemişti. Erika ancak bu koşullar karşılandığında dünyayı sarsan orgazmlara ulaşabildi.

Eski erkek arkadaşlarından biri sapkın arzuları hakkında bir haber mi yaymıştı? Yoksa Lea olağanüstü bir seks uzmanı mıydı? Erika farların önünde bir geyik gibi bakarken merak etti.

"Bir tür kulübe üyeyim. Bu, geleneksel olmayan seksin sınırlarını zorlamaktan hoşlanan erkekler ve kadınlar içindir. Bir düşünün. Çok özel bir ağ ve sizin gibi yeni üyeler kullanabiliriz. Endişelenmeyin, kimse gelmeyecek." hiç bilmiyorum. Gizlilik maddesi içeren resmi bir sözleşme var. Feragatnameler ve anlaşmalarla hepimiz gizliliğe bağlıyız. Üyelerin pek çoğu avukattır. Hala mahremiyet konusunda gerginseniz, size ısmarlama bir maske sunabiliriz . Venedik. Değerli kadın üyelerimizden birkaçı onları giyiyor. Cinselliklerinin karanlık taraflarını keşfederken onları rahatlatıyor."

Erika afallamıştı ve yanakları kıpkırmızı olmuştu. Lea bu bakışı daha önce birçok kez görmüştü. Yılmadan ilerledi ve Erika'nın külotunu anında ıslatan bilgileri yaydı.

Erika'nın ani hiperventilasyonunu yatıştırmak için tasarlanmış bazı diyaloglardan sonra Lea konuşmasına devam etti. "Sapık şeyler. İpler. Kırbaçlar. Grup ayarları. Hakimiyet. Boyun eğme."

"BDSM gibi mi?" diye sordu Erika.

Léa gülümsedi. "Burası bir BDSM kulübü. Aslında çok özel bir şekilde katılıyorum. Nasıl satılmak istersin? Kabul edersen, en heyecan verici teklifi verene gitmeni sağlayacağım."

üzerinde telefon numarası olan bir kartı Erika'ya uzatana kadar devam etti. Bununla ayağa kalktı, hesabı ödedi, Erika'ya pis pis sırıttı, döndü ve gitti. Bir aramanın geleceğinden emindi. O kader buluşması, Erika'nın kutsanmış cinsel özgürleşmesinin başlangıcı olmuştu.

Birkaç gün süren yoğun tartışmanın ardından, kaybedecek hiçbir şeyi olmadığını anlayarak aramayı yaptı. Ne de olsa, diye düşündü Erika, Lea kime söyleyecekti? İkisi de kariyer sahibi kadınlardı ve itibarları ve potansiyel müşterileri açısından kaybedecekleri çok şey vardı.

Bu noktada dersleri başladı; eşek, kedi, ağız. Tüm sanatlarda disiplinliydi. Vücudu uzun süre erotik pozisyonlarda kalmak için eğitildi. Tüm zevk noktaları bulundu; güçlü ve zayıf yönler belirlenir. Lea'nın Erika'yı bir esaret iblisi ve ağrı sürtüğü olarak sınıflandırması uzun sürmedi. Bu deneyimsiz denizaltı için doğru teşhis buydu.

Elbette Lea, Erika'nın cinsel danışmanı rolünden büyük keyif almıştı. Eğitim rejiminden sorumlu olan Erika, zevki tam olarak Lea'nın özelliklerine göre verme konusunda özellikle ustaydı. Erika'nın yüzü şehvetli koçunun amına ve kıç deliğine dayamış halde pek çok keyifli akşam geçirmişlerdi. Mahkemede geçen zorlu bir günün sonunda, yasadışı faaliyetler için yapılan toplantı memnuniyetle karşılandı. Ortak coşkuları ve çalışma ahlakı, onları kendi rollerini hem vermek hem de almak için özellikle uygun hale getirdi.

Bu daha sonra.

Şimdi konuklar salonda yerlerini aldılar. Standart gibi görünen en az 15 kişi olmalıydı. Erika yüzü ön duvara dönük olduğu için tam sayım yapamadı. Koridorun aşağısından, dairenin geri kalanında daha fazla insanın dolaştığını duydu (en az 15 kişi daha).

Engellendiğinde diğer duyuların güçlenmesi hakkında söyledikleri doğruydu. Ayak sesleri ve döşemeli yüksek arkalıklara oturan insanların sesleri netti. Kısa süre sonra güzelliği hakkında sessiz fısıltılar duydu. Sonunda konuşmalar, konukların onu kendi zevkleri için kullanmayı tasavvur ettikleri yollara dönüştü.

Bağlı olmanın ve ne olacağını bilmemenin güçlü birleşimi, Erika'nın amının beklenti içinde nemlenmesine neden oldu. Mahrem alanında tutacak kasık kılları olmadığı için baldırlarının üst kısımlarında meyve suları birikiyordu.

Müzayedeci podyumda bir tokmak vurdu. "Bayanlar ve baylar, başlamadan önce, geldiğiniz için hepinize şahsen teşekkür etmek istiyorum . Bugün harika bir erkek ve kadın kadromuz var. Sunduğumuz zevklerden keyif alacağınızdan eminiz."

Etkinlik başladığında olağan formalitelerden vazgeçti. Sözleri profesyoneldi ve iyi bir avukatın gerektirdiği iddialılıkla söylendi. Bununla birlikte, sunumunda baştan çıkarıcı ve eğlenceli bir kalite de vardı. Duruşma resmi olarak devam ederken küçük seyirci alkışladı.

Müzayedeci devam etti, "Önce Erika ile başlıyoruz, bu büyüleyici güzellik yanımda duruyor. Resmi olarak, o çalışan bir profesyonel ve alanında çok saygı görüyor. Gayri resmi olarak, hepinizin önünde, birinin Sikişme Oyuncağı olarak kullanılacak."

Erika heyecanını ve amının istemsiz kasılmalarını kontrol edemedi.

"Burada çalışan kadınların çoğunun fetişi olduğunu biliyorum. Erika'nın inanılmaz fiziğine paralel beyinleri olduğunu söylediğimde bana inanın. Hanginiz ona sahip olmak ister? Bu yüksek eğitimli kadını kim boyun eğdirmek ister? cinsel kaprisler?"

Erika izleyemese de onaylayan mırıltılar duydu. Ancak Müzayedeci baş sallamaları, dudakları yalamayı ve bakışları keskinleştirmeyi not etti. Havada şehvet vardı ve Erika herkesin iştahını kabartmıştı.

"Önce bacaklarını göstermekle başlayacağız."

Müzayedeci, Erika'ya yaklaşırken elinde deri bir kürekle podyumdan ayrıldı . Sonra küreğin ucunu Erika'nın siyah çoraplarına sürttü. Erika, kendi heyecanına rağmen hareketsiz kalmak için elinden geleni yaptı.

Müzayedeci, "Bu bacaklar uzun ve kusursuz," dedi. "Topuklu ayakkabı olmadan 5'8'de duruyor". O bir koşucu ve hayır işleri için epeyce maraton tamamladı. Parmaklarınızı, dudaklarınızı, amlarınızı veya siklerinizi bu bacaklar üzerinde gezdirmenin ne kadar iyi hissettireceğini bir düşünün."

Kürek yukarı doğru hareket ettikçe Erika daha da ıslandı ve kıçına çarptı.

"Çoğunuzun olgun bir kıça iyi bir şaplak atmaktan hoşlandığını biliyorum. Erika'nın poposu mükemmel bir şekilde yuvarlak ve dolgun; hassas cildi uzun kürek çekme nöbetlerini kaldırabilir. Göstermeme izin verin . "

Kürek, Erika'nın sol yanağına düz bir şekilde bastırıldı ve ardından Müzayedeci tarafından geri çekildi. Kürek ile kıçı arasında yeniden temas kurulduğunda gürleyen bir alkış sesi geldi. Odada yüksek sesle yankılandı ve Erika'nın kıpırdamamak için elinden geleni yapmasına rağmen irkilmesine neden oldu.

Bir darbe daha indirildi. Sonra bir başkası. Ve başka. Her darbe bir öncekinden daha sertti. Her iki yanak da şaplakla ilişkili kavurucu hissi eşit ölçüde aldı.

Şaplama bittiğinde, beyaz deri kızardı ve ısı yaydı.

"Bayanlar ve Baylar, bu sadece bir teaser," Müzayedeci kendi maskesinin ardından gülümsedi. "Şimdi onun anüsü için."

Göt sikişi, Erika'nın bu gizli BDSM grubuna katıldığından beri ancak alıştığı bir şeydi. Uzun boylu olmasına ve güçlü görünmesine rağmen anüsü narin ve küçüktü. Yasak deliğine büyük horozları yalnızca hazır bulunan uzmanlar sığdırabilirdi. Kontrol ve sabır gerektiriyordu.

Yumuşak, kadınsı eller Erika'nın poposuna dokundu ve yanaklarını ayırarak küçük kahverengi deliğini grubun görmesini sağladı. Anüsünden hava akarken kendini tamamen açıkta ve savunmasız hissetti. İşin garibi, odanın tüm ihtişamıyla ona bakan aç gözlerini de hissedebiliyordu.

"Hepinizin görebileceği gibi, deliği zar zor orada, küçücük ve gerilmek için yalvarıyor. Birinin şanslı horozu bugün orada nirvana bulabilir."

Sunumun cüretkar kısmı için, Müzayedeci küreği yere koydu ve Erika'yı kalçalarından tuttu ve yüzünü küçük izleyicilere bakabilmesi için etrafında döndürdü.

Erika, maskesinin ardından kalabalığı gördü. Tipik bir gruptu; erkek ve kadınların eşit bölünmesi. Hepsi keskin bir şekilde gelişigüzel zarif bir şekilde giyinmişti. Her biri özel bir şekilde kurtulmayı umarken, yüzlerinde aynı arzu ifadesi vardı. Erika'nın göğüslerinin ve amının görüntüsü, ortaya çıktığında katılımcıları büyüledi.

Erika'nın meme uçları kaya gibi sertleşti.

Müzayedeci küreği tekrar aldı ve Erika'nın labiasına sıkıca bastırdı , bu tesadüfen klitorise de baskı yaptı.

"Dürüst bir şekilde söyleyebilirim ki, bu bacakların arasındaki şeyin tadına bakma zevkini yaşadım. Hanımlar ve Beyefendiler , onun amını sikmek ya da yemek istiyorsanız, gerçek bir ziyafet içindesiniz."

Erika küreğin yuvarlak göğüslerine doğru hareket ettiğini ve açık kahverengi göğüs uçlarını çevrelediğini hissetti. Kürek, her memenin alt tarafına hafifçe şaplak atarak, hayran kalabalığın önünde göğüslerinin sallanmasına neden oldu.

Müzayedeci keyifle, "Ve şu memelere bir bakın," dedi. "Aranızda bunların gerçek olduğuna inanan var mı? Ve çok gerçekler, sizi temin ederim."

Müzayedeci sol memesini kabaca sıkmak için eğilip meme ucunu hafifçe ısırdığında Erika inledi. Müzayedeci meme ucunu bırakmadan önce hızlı bir şekilde emdi.

Sonunda raket Erika'nın dudaklarına geldi.

"Son olarak, ama en az değil, ağzı. Öpüşmek için mükemmel. Emmek için mükemmel. Temizlik için mükemmel. Meni yemeyi sevdiğini söylemiş miydim? Hem erkeklerin hem de kadınların ağzını . "

Kalabalıktan daha fazla onaylayan baş sallamalar geldi.

Müzayedeci, "Son olarak, bu tam bir acı sürtüğü," diye özetledi. "Yüksek bir toleransı var ve elinizden gelenin en iyisini yapmak istiyor."

Erika, nefes nefese kalmaktan sırıtmaya kadar değişen seyirci tepkisini hemen fark etti.

Müzayedeci bir kez daha podyumun arkasında durdu ve teklifler verdi. En kışkırtıcı (ama makul) şekilde yapılan en müstehcen seks eylemlerini kim teklif ederse, teklifi kazanırdı. Her biri bir öncekinden daha cazip teklifler geldi.

Sonunda Erika tüm vücudunun dikkatini toplamasına neden olan sihirli sözleri duydu. Meme uçları gergindi ve önünü hevesle titremeye başladı.

"Satılmış!" dedi Müzayedeci tokmağı podyuma vurarak. "Bir beraberliğimiz var. 3. ve 7. konuklara. Şimdi ödülünüzü ikiniz arasında paylaşmak üzere toplayabilirsiniz."

Kazananlar niyetlerini önceden açıkça belirtmişlerdi:

3 numaralı adam maske takmadı. Erika onu gazetenin sosyete bölümünden tanıdı. Bu tanınmış hayırsever, Erika'nın kıçını güzel bir

şaplakla evcilleştirmeye yemin etmişti. Hassasiyet sözü verildi; bir deri kırbaç onun tercih ettiği araçtı. O zaman devasa aletiyle onun kıç deliğine sahip olacaktı. Kıç sikme ve şehvetli kadınları ehlileştirme konusunda uzman olduğuna dair güvenceler verildi.

7 numaralı kadının zengin, koyu teni vardı. Bu, Erika'nın siyahi bir kadınla ilk deneyimi olacaktı. Dolgun, tatlı dudakları erotik eğlence vermekten ve almaktan zevk alıyormuş gibi görünüyordu. O da maskesizdi. Göğüs oyunu konusunda saygın bir uzman olarak, göğüs ucu işkencesinin tüm ipuçlarını ve püf noktalarını biliyordu. Kıstırma ve döndürmenin doğru kombinasyonunu kullanarak , kalıcı bir hasar bırakmadan tatlı acı veren bir uyaran uygulayabiliyordu. Ve bir lezbiyen olarak, iyi bir am yemenin en iyi yolunu biliyordu.

Erika daha önce siyah bir kadınla cinsel zevki hiç paylaşmamıştı ve bu fikir onu çok heyecanlandırdı.

Bu iki Hakim, işbirlikçi potansiyelleri nedeniyle Müzayede Düzenleyen tarafından seçildi. Erika bu tehlikeli pozisyonda bağlıyken, ikisi de aynı anda denizaltının ihtiyaçlarını karşılayacaktı; biri önde, biri arkadan. Küçük izleyicilere unutulmaz bir gösteri sunacaktı.

Kazananlar odanın önüne yaklaşırken Erika'nın tüm vücudu titredi. Daha önce küçük bir grubun önünde kullanılmıştı; teşhircilik, yalnızca nihai kurtuluşunu artırdı. Bu, vücudunun farklı bölgelerinde uyum içinde çalışacak iki kişi tarafından ilk kez kullanılıyordu. Bu onun kirli rüyasının gerçekleşmesiydi.

İlk teması kuran zenci kadın oldu ve koyu renkli parmak uçlarını Erika'nın süt beyazı teninde gezdirdi. Erika aşağı baktı ve özellikle parmakları açık kahverengi göğüs uçlarını ovuştururken oluşan renk kontrastı onu uyandırdı.

7 numaralı kadın "Gergin hissediyorsun" dedi. "Siyahi bir kadınla ilk kez mi? İlk olmayı seviyorum. Senin ilk siyah Domme'n olmak bir onur . Merak etme bebeğim, keyfine varacaksın."

Erika cevap vermedi. Asla yapmadı. Sesini gizlemek isimsiz kalmanın bir parçasıydı. Tanınmayacağını umarak bu güçlü kadına maskesinin ardından baktı.

Gözleri yoğun bir şekilde kilitlendi ve bir an için Erika bu baskın siyah kadının onu bir yerden tanıyıp tanımadığını merak etti. Belki de yasal hizmetleri için bir kamu reklamı?

3 numaralı adam deri bir kırbaç aldığında Erika dikkatini ona çevirdi. Koreografisi yapılmış görünen alıştırma hareketleri yaptı. Onun iddia ettiği uzman olduğundan oldukça emindi. Yüzündeki şeytani zevk ifadesi, Erika'yı kırbaçlamanın acıtacağına inandırdı. Elleri başının üzerinde bağlıyken Erika'nın vücudu tamamen savunmasızdı.

3 numaralı adam "Gözüm üzerindeydi" dedi. "Seni haftalar önce ilk gördüğümden beri, seni en kirli şekillerde kullanmak istedim. Bakalım kıçın beklemeye değecek mi? Önce seni yan çevireceğim ki herkes beni yumruklayıp yağmaladığımı görsün." senin tatlı küçük pisliğin."

arka arkaya dizilmesi için dönmesine izin verdi . Erika'nın gözleri önündeki güzel kadına odaklandığında, kamçının kıçına hafif tokatlar attığını hissetti . Tokatlar sertleşince, karşısındaki kadın bu şeytani terbiye karşısında zevkle gülümsedi.

Çok geçmeden kırbaç kıçına sertçe çarptı ve Erika'nın vücudunun kaskatı kesilip ardında kalan yanan mutluluktan sarsılmasına neden oldu. Erika inledi ve bastırmaya çalıştığı kesik kesik homurtular çıkardı.

7 numaralı kadın, sanki öğürme refleksini test ediyormuş gibi, koyu renkli iki parmağını Erika'nın ağzının girintilerine soktu. "Çok acıyor mu? Bu tür acılardan hoşlanır mısın, Sub?"

Erika poposu hala kırbaçlanırken sadece başını salladı.

"Aferin kız. Senin bu lezzetli meme uçlarına tam olarak ihtiyacım var. O seni alır almaz."

Adam Erika'nın kıçını kırbaçlarken ve siyahi kadın ağzını öpmek için öne eğilirken, kalabalık saygıyla baktı. Dolgun, dolgun dudaklar Erika için bir zevkti. İyi bir öpücüğün olması gereken her şeydi, özellikle de dilleri birlikte dans ederken. Kırbaç, Erika'nın kıçını acı bir şekilde şaklattı ve Erika umutsuzca zenci kadının ağzına doğru inledi. Erika endişeyle gözlerini açtığında, kadının tepkisini değerlendirerek ona baktığını gördü.

Erika, kadının şiddetli bir kırbaçlanmanın verdiği acıyla inleyen birini öpmekten zevk aldığından emindi. Kadın, Erika'nın acı dolu seslerinden giderek daha fazla uyanıyor gibiydi. Arkasında, kıçını kızartmaya devam eden adamın memnuniyetle mırıldandığını duydu. Zaten büyük bir ereksiyon olduğundan emindi.

Erika, cinsel olarak yüklü iki varlık arasında sapkın erotik enerji için bir kanal gibi hissetti. Onun üzerindeki etkisi muazzamdı. Acıdan aldığı ezici coşkuya ek olarak , iki Hükümdar'ın bu işten sıyrıldığını bilmek, kendisini fevkalade itaatkâr hissetmesine neden oluyordu.

Kırbaçlama durdu, bu da tek bir anlama gelebilirdi. Dudakları hâlâ şehvetli bir öpücüğe kilitlenmiş olsa da, bir şişenin açılıp sıkılan yağın sesini duydu . Adam çıplak eliyle kızın kıçına güçlü bir tokat atarak Erika'nın tüm vücudunun ürpermesine neden oldu. Lanet başlamadan önce bölgesini agresif bir şekilde işaretledi.

çekilerek kıç deliğinin açığa çıktığı tanıdık hissi hissetti . Hemen, sert, yağla kaplı bir horoz hissi, penetrasyon için sıraya girerken kahverengi büzülmesi tarafından hissedildi.

"Bir kadını bu şekilde götünden sikmekten zevk alıyorum," dedi 3 numaralı adam, Erika'nın kaburgalarını okşayarak, belinden başlayıp yukarı doğru, sabitlenmiş kollarına doğru hareket ederek. "Sanki güzel, sikilebilir bir et parçasısın. Bunu hoş ve sert bir şekilde yapacağım, tam da istediğin gibi."

Erika'nın güçlü, güven verici sesi, eğilip yağlanmış aletinin başını küçük, iyi eğitilmiş kıç deliğine iterken Erika'yı daha da tahrik etti . Erika öpücüğünden kurtulmaya çalıştı ama kadın başının iki yanından tuttu ve bırakmadı.

Horoz kıçındaki küçük deliğe ustalıkla sokulduğunda, Erika burnundan derin bir nefes aldı. Beklediği yakıcı acıyı beklerken gözleri iri iri açıldı . Çok geçmeden geldi ve Erika yanıt olarak çığlık attı.

Erika, adamın kalçalarını kavrayışıyla dili ağzını delmeye devam eden zenci kadının pençeleri arasında sıkışıp kalmıştı; rahatı için kıpırdamadan kıçından ilerlemekten başka seçeneği yoktu. Duraklama olmadı. Adam açılar ve kırılma noktaları konusunda çok bilgiliydi. Taşakları onun poposuna dayanana kadar sürdü. Saldırısının gaddarlığı tatlı bir işkenceydi. Kıçına yeni sahip olunduğuna hiç şüphe yoktu.

Derin bir nefes alırken Erika'nın gözleri iri iri açıldı. İnlemek yerine, sanki havaya açmış gibi nefesi kesildi. Siyah kadın bu anal saldırıdan memnun görünüyordu.

"Sıra bende," dedi 7 numaralı kadın. "Bebeğim, seninki gibi beyaz göğüsler benim favorim. Ellerimde çok sütlü ve kremsi görünüyorlar. İncinmek için yalvarıyorlar ve bu benim uzmanlık alanım ."

Erika aşağı baktı ve kabul etti; 7 numaralı kadının abanoz parmakları, kendi zambak beyazı göğüsleriyle oldukça tezat oluşturuyordu . İlk başta, dokunuş yumuşak ve sevecendi. Sonra siyahi kadın ünlü göğüs ucu işkencesi rutinini uyguladı ve dilini Erika'nın boş ağzını doldurmak için döndürdü.

O çikolata parmaklar, Erika'nın vanilyalı göğüslerinin alt tarafını sıktı, sonra onları çiğ hamur gibi yoğurdu. Acıtmıştı ama küçük kıç deliğinin adam tarafından acımasızca becerilmesine kıyasla hiçbir şeydi. Sonra kara parmaklar Erika'nın kahverengi meme uçlarını kıstırdı. Şimdi bu, kıçındaki keskin ağrıyla daha karşılaştırılabilirdi. Zevk noktalarından ikisi şimdi tecavüz ediliyordu. Aynı anda kimsenin vajinasına işkence etmediğine şükretti.

Kadın hassas noktaları o kadar sert bir şekilde bükmeye devam etti ki Erika'nın yüzü mükemmel bir ıstırapla buruştu. Bir an için, kıç deliğinin vahşileştiğini neredeyse unutmuştu. Neredeyse... Adamın kalçalarının kıçına tokat sesi, dikkatini yeniden poposuna odakladı. Erika, sandığı acı sınırına ulaştı. Tutkulu öpücüğü bozdu, başını geriye attı ve uludu.

"Acıdığını biliyorum," diye fısıldadı siyahi kadın, biraz daha sıkarken. "Ama çok, çok iyi hissetmek üzere."

Erika meme uçlarındaki acının nasıl olup da iyi hissettirdiğini bir türlü anlayamıyordu. Ama göğüs uçları serbest kaldığında siyahi kadın eğildi ve Erika'nın göğüslerini sevgiyle emerek omurgasından aşağıya müstehcen bir his gönderdi. Bu zevk, sodomize edilmiş kıçına yapılan neşeli saldırıyla birleşince, Erika'yı cinsel akıl sağlığının eşiğine getirdi. Zenci kadının dili de o dolgun dudaklar kadar yatıştırıcıydı ve göğüs uçlarındaki ağrıyı dindirmek için uyum içinde çalışıyorlardı.

Ancak siyahi kadın acımasızca ağzını açtığı için göğüslerindeki zevk uzun sürmedi. Bir kez daha tükürükle kaplı meme uçlarını bükerek , kıçını düzgün bir şekilde sürerken Erika'ya daha fazla eziyet etti.

"Senin için o kadar eğlenceli hale getirmeyeceğim," 7 numaralı kadın gülümsedi. "Dengeli olmanı istiyorum. Acayip bir yin ve yang. Arkayı o alıyor, ben de önü. Sadece orada durup iyi bir denizaltı gibi almalısın ."

3 bunu not aldı, kavramak için ellerini Erika'nın omuzlarına koydu ve gerçekten onun kıç deliğine şehre gitti. Dişlerini gıcırdattı ve onu hayran izleyicilerin önünde tamamen utandıran ciyaklama sesleri çıkardı.

Küçücük deliğine girip çıkan dev horoz onu o kadar dengesiz yaptı ki zar zor ayakta durabiliyordu. Erika'nın dizleri gevşedikçe, bağlı bileklerine daha fazla ağırlık vererek yere yığılmaya başladı. Omuzlarındaki esneme ve çekilme, vücudunun zıt düzlemlerindeki aşırı hislerle başa çıkmak için mücadele eden beyni tarafından neredeyse hiç kaydedilmedi.

7 numaralı kadın, Erika'nın meme uçlarına zulmetmeye devam ederken dudaklarını yalayarak, "Kırılıyor," dedi. "Onun işini bitirmemizin zamanı geldi."

3 numaralı adam, Erika'nın kıç deliğinde insafsız kaldı ve homurdandı, "Boşaldığımda onun da boşalmasını istiyorum."

Dominant arkadaşına verilen talimat açıktı. Zenci kadın hassas meme uçlarını serbest bıraktı, rahatlamak için hızlıca emdi, sonra Erika'nın yayılmış amının önünde dizlerinin üzerine çöktü.

Göt deliği büyük bir horoz tarafından ele geçirilirken ve amcığı bir Tanrıça tarafından yalanırken, Erika çelişkili duygulara kapıldı.

Kıçındaki kesintisiz yıldırım, klitorisini emen ihale ile dengelendi. Arada bir, zenci kadın dişlerini kullanarak Erika'nın şişmiş klitorisini hafifçe ısırdı ve Erika'nın hararetle haykırmasına neden oldu. Ama siyahi kadın, daha sonra yavaş yavaş ve sevgiyle ona vurarak bunu telafi etti. Sonuç olarak, Erika defalarca orgazmın eşiğine getirildi, ancak serbest bırakılması reddedildi. Kendini patlamak üzere olan bir volkan gibi hissediyordu.

Siyahi kadın dizlerinin üzerine çökmüş haldeyken Erika, seyircilerin üçlüye ne kadar yoğun bir şekilde baktığını tam olarak anlayabildi. Bu BDSM etkinliğindeki her konuk, Erika'nın cinsel bir patlamanın eşiğine gelmesi karşısında tamamen büyülenmiş görünüyordu. Sahiplenildi ve açıkça cinsel köleliği tarafından uyandırıldı. Bu maskenin ardında kimliği güvendeydi. Kendini bırakıp en sapkın zevklere dalmasına izin verdi.

Kendi sessizlik kuralını çiğnedi ve sonunda "Aman Tanrım" diye sızlandı, çünkü kıçı şiddetle düzülürken ve amcığı ustaca yenilirken.

Sözleri sadece yangını körükledi ve 3 numaralı adamı omuzlarını o kadar sıkı sıktı ki kesinlikle morluklar kaldı. İnanması güç olsa da, Erika onun kendini tuttuğunu fark etti. Sokması çılgınca bir hal aldı ve yakında tohumunu kıçına boşaltacağından emindi.

"Senin için güzel, büyük bir yüküm var," diye homurdandı adam.

Sözüne sadık kalarak, onun kulağına homurdanmaya devam etti ama saldırısını durdurdu. Erika, rektumunun birkaç büyük meni fışkırmasıyla kaplandığını hissetti. Birkaç dakika içinde, horoz sarkık hale geldi ve pislikten çekildi. Erika'nın kıçı şimdi aniden boşaldığı için ağzı açık kaldı. Hemen, onun sert aletinin en mahrem geçidine geri dönmesini özledi.

"Beni şimdiden özledin mi?" fısıldadı. "Sıkı kıçı olan harika bir pisliksin. Beklentiye değer."

Poposunu okşadı ve Erika pislikten damlayan cum hissetti. Parmaklarının gevşemiş deliğine sürttüğünü ve kremsi akıntıya daldığını duyunca şaşırdı. Meni kaplı parmaklar ağzına sokulduğunda daha da şok oldu. Bir anlık tereddütten sonra Erika parmaklarını emerek temizledi.

Siyahi kadının amındaki diliyle uyuşukluğundan dürtülmeden önceki anın ahlaksızlığının tadını çıkardı.

Erika o vahşi kahverengi gözlere baktı. Tutkulu zenci kadın Erika'nın klitorisini derinden yaladı ve emdi. 3 numaralı adam Erika'nın arkasında durdu ve Erika'nın kadının ağzına boşalmasını görmeyi umarak onun belini ve poposunu okşadı.

"İşte bu," dedi adam Erika'ya. "Ağzına boşalmaktan utanma. Beyaz kadınları içmekten zevk alıyor. Bu doruğu hak ettin sürtük."

Erika'nın kalbi gümbür gümbür atıyordu ve kendi kendine, "Kahretsin," diye fısıldadı.

Siyahi kadın dilini Erika'nın klitorisinde gezdirdiğinde, orgazm nihayet destansı bir ölçüye ulaştı. Vücudunda açığa çıkan güç, ciğerlerindeki havanın patlamasına neden oldu. Bu orgazm sadece pelvis tabanındaki kasları etkilemedi; patlama nedeniyle tüm vücudu kasıldı ve kasıldı. Artık lastik gibi olan bacakları üzerinde zar zor kendini destekleyebiliyordu. Tüm vücut ağırlığı, başının üzerinde sıkıca bağlanmış bileklerinde asılıydı. Sonuç olarak, omuzları normal şartlarda acı verici olabilecek aşırı bir şekilde çekildi.

Umursamadı. Kollarındaki rahatsızlık geçiciydi. Bu orgazm sonsuza dek hatırlayacağı bir şeydi.

Erika siyah kadının ağzına fışkırdı. Meme uçlarında ve kıç deliğinde yaşadığı tüm lezzetli ıstırabın doruk noktasıydı. O gerçekten bir ağrı sürtüğüydü. Doğruydu; artık odadaki herkes bu gerçeği doğrulayabilirdi.

Sonra gevşek kaldı. Nefesinin kontrolünü yeniden kazanmaya çalışırken kendi ayakları üzerinde durmaya çalıştı. Siyahi kadın, işin bittiğini bilerek gülümsedi. Adam, kendini destekleyebilene kadar onu sabit tutmaya yardım etti.

"Tıpkı ilan edildiği gibi," dedi Müzayedeci, Erika bittiğinde seyircilere. "Tam olarak ilan edildiği gibi. Aferin."

Erika nefes almakta zorlanırken seyirciler alkışladı. İki Dominant, onun omzuna ve poposuna hafifçe vurdu. Ona anlayamadığı şeyler fısıldadılar . Sonrası bir bulanıklık gibi geldi.

İki genç kadın görevli yaklaştı. Seksi, gösterişli maskeler takıyorlardı ve siyah dantelli elbiseler giymişlerdi. Erika, başının üzerindeki ipi gevşettiklerinde pozisyonundan kurtuldu. Sonra bilekleri çözüldü.

Erika'nın göt deliğine sperm damladı ve amından kendi sıvıları damladı. Personeller nazikçe onu iki kolundan tutup koridora götürürken Erika başını dik tuttu. Şöhret yürüyüşünü yaparken seyirciler coşkuyla alkışladı. O gün herkes istediğini bulmuştu. Ancak Erika, kendi memnuniyetinin en büyük mutluluk olduğundan emindi.

Erika, görevlilerin vücudunun her santimini ovmak ve temizlemek için bir yığın ıslak havlu kullandığı özel bir yatak odasına götürüldü . Kadınlardan biri kıç deliğinin içini temizlemek için fışkırtma şişesi bile kullandı. Tüm süreç birkaç dakika sürdü.

Görevliler dikkatlice maskesini çıkardı. Aynı işlem yüzü ile tekrarlandı. Fazla ruju sildi ve saçlarını meslek topuzu yaptı. Orada çıplak dururken takım elbisesini dolaptan aldı.

Müzayedeci yatak odasına girdi ve altın maskeyi çıkardı. Yüz ifadesi meraklıydı.

"Nasıl hissediyorsun?" diye sordu.

Erika kuru bir sesle, "Önümüzdeki birkaç gün kıçım ağrıyacak," diye yanıtladı. "Ve göğüs uçlarıma elektrik çarpmış gibi hissediyorum."

"Ve?"

Lea müstehcen sorunun cevabını beklerken, Erika görevlilerin onu giydirmesine izin verdi; sutyenini, külotunu, çoraplarını, ardından özel dikim takımını giyerek onu yeniden profesyonel bir kadın yaptı.

Erika gülümsedi, "Hiç bu kadar canlı hissetmemiştim. Gerçeği gerçekten istiyorsan, böyle hissediyorum."

"Ben de öyle düşünmüştüm," diye göz kırptı Lea. "Hala yemeğe çıkıyor muyuz?"

"Emin ol."

Erika takım elbisesini düzelttiğinde, Lea bir öpücük gönderdi ve altın maskeyi bir kez daha taktı. Müzayededeki görevine geri döndü. Bu arada Erika çalışanlara teşekkür etti , topuklarını giydi ve ofise gitmek için ayrıldı.

SON